CB129439

oscar
nestarez

LUCÍFUGO

AVEC
EDITORA

Copyright ©2025 Oscar Nestarez
Todos os direitos dessa edição reservados à
AVEC Editora.

Nenhuma parte desta publicação poderá ser reproduzida, seja por meios mecânicos, eletrônicos ou em cópia reprográfica, sem a autorização prévia da editora.

editor: *Artur Vecchi*
revisão: *Camila Villalba*
capa: *Coltetivo Criaturas / Bruno Romão*
projeto gráfico e diagramação: *Coletivo Criaturas / Bruno Romão*

1ª edição, 2025
Impresso no Brasil/ Printed in Brazil

N 468

Nestarez, Oscar
Lucífugo / Oscar Nestarez. - Porto Alegre : Avec, 2025.

ISBN 978-85-5447-302-0

1. Ficção brasileira I. Título

CDD 869.93

Índice para catálogo sistemático:
1.Ficção : Literatura brasileira 869.93

AVEC Editora
Caixa Postal 6325
Cep 90035-970 - Porto Alegre - RS
contato@aveceditora.com.br
www.aveceditora.com.br
Twitter: @avec_editora

Apresentação

Quão longe é longe demais?

Perdi a conta de quantas vezes me fiz essa pergunta ao longo da vida. Inclusive a transformei na primeira frase de um conto meu, "Depois da carne", que está em *O breu povoado* (também publicado por esta Avec). É um texto que concentra, em poucas páginas, muito do projeto que de maneira intuitiva persigo na literatura: chegar perto do fogo. Ou seja, estar e colocar você, leitora ou leitor, na presença de um perigo, aqui representado pelo monstro. Meu conto foi livremente inspirado em Gilles de Rais. E é de presenças monstruosas como a dele que falarei aqui, nesta apresentação para *Lucífugo*.

Encontrei Gilles de Rais pela primeira vez em *Là-bas*, romance do francês J.-K. Huysmans que saiu no Brasil como *Nas profundezas*, pela editora Carambaia. Li o livro em 2018 e nunca vou me esquecer. Tem como protagonista um homem chamado Durtal, que, desencantado com o tempo em que vive, se volta ao passado em busca preencher o vácuo e o tédio. E a um passado sinistro: Durtal passa seus dias pesquisando ocultismo e satanismo, e escrevendo uma biografia sobre um tal Gilles de Rais – um nobre francês que viveu na primeira metade do século 15 e teve uma história fascinante. Como líder do exército da França, lutou ao lado de Joana D'Arc contra os ingleses na Guerra dos Cem Anos. Depois que D'Arc foi executada, ele se retirou da vida pública e passou a se dedicar ao que era, aparentemente, sua paixão mais nuclear: torturar e matar *menininhos*.

Bem à maneira dos personagens de Sade uns três séculos depois, Rais se escondia em castelos de sua família com um grupo de asseclas, raptava garotinhos pelas aldeias próximas, trancava-se em suas fortalezas e literalmente abria as portas do inferno. O que ele e seus parceiros faziam com os meninos – sempre em idade pré-púbere – é de queimar as retinas, de gelar a mais destemida das espinhas.

Gilles de Rais era um monstro absoluto, terrivelmente imaginativo nas sessões noturnas que concebia, nos calabouços e nas masmorras de seus castelos, para se divertir. E Huysmans/Durtal vai fundo nos detalhes. Nunca me esquecerei de uma cena que revelou o negror daquela alma:

seus homens tinham trazido um menininho que gritava pela mãe. Rais, então, pediu para que o entregassem; ele pegou a criança no colo e, com ternura, disse que a mamãe já viria, que não se preocupasse. Foi acalmando-a até ela parar de chorar e aceitar abraçá-lo. Então, com uma pequena navalha, cortou a nuca do garoto, e foi cortando até seccionar toda a jugular. Antes, viu nos olhos da criança "seu espírito se quebrar".

Foi essa cena que me levou a escrever "Depois da carne" e, passados alguns anos, *Lucífugo*. Hoje, entendo que o que me fascinou foi estar diante na presença de um monstro. Sentindo seu hálito, espiando sua caspa, acompanhando sua expressão dissimulada, lendo seus pensamentos. Naquele calabouço remoto do século 15 para onde Huysmans me levou, eu estava num tipo de desamparo seguro, testemunhando a mais malévola expressão de humanidade. Sim, humanidade, pois também somos isso, essas sombras eternamente famintas, que não se dissipam por nada.

E arrisco dizer que só a literatura nos coloca perto de verdade do monstro. O cinema proporciona esse movimento, mas escolhas que foram feitas antes de nós — do ator ou a atriz que o interpretará à música que embalará sua presença na tela, — nos afastarão um pouco. É inevitável. Agora, quando há apenas uma página entre nós e o monstro, é fácil nos colocarmos no centro escuro de sua perspectiva.

O monstro é, também, uma atmosfera que antecede e sucede sua própria presença. Penso, por exemplo, em um antagonista como o Kurtz, tanto o de Joseph Conrad o quanto de Francis Ford Coppola. Sem considerar toda a questão colonial, de como ele se torna monstruoso/desumano ao perder contato com uma ideia de civilização, a grande força de *Coração das trevas* e *Apocalypse now* é sua presença ausente. A jornada de Marlow é assombrada por seu espectro, pois é ele, Kurtz, o núcleo irradiador da escuridão que só se torna mais intensa.

De muitas formas, busco colocar leitores e leitoras em situações parecidas. Fascinado por essa sensação quase extática de me ver ante uma entidade — e tão melhor se ela for humana —, me interessa reproduzi-la nas minhas histórias, para quem sabe compartilhá-la com você, que me lê. Acho esse impulso uma das características mais bonitas da literatura, por mais contraditório que seja; afinal, a finalidade do impulso é macabra. A cabeça de um monstro como Gilles de Rais não é um lugar legal para se estar, admito. Assim como provavelmente não o será a mente do meu narrador na história que você lerá a seguir. Desde a primeira palavra pronunciada, ele será profundamente misógino e monstruoso. Mas penso que o desamparo seguro que nos acomete diante de figuras assim tampouco é uma sensação corriqueira. Diante de Rais, Elizabeth Bathory (em especial a retratada por Alejandra Pizarnik), Vlad Tepes ou tantos outros monstros, diante da possibilidade real de sermos atacados, nos sentimos mais vivos.

É isso que entendo por chegar perto do fogo. Aliás, para mim, o exemplo extremado dessa proximidade, mais até do que Là-bas, é *Os cantos de Maldoror* (1869), do Conde de Lautreamont (ou Isidore Ducasse, o uruguaio que passou a maior parte da vida na França). Não têm paralelos a morbidez, o desvario e a barbárie contidos nesse volume. Aqui estamos no âmago lírico de um monstro e jamais saímos dele, não há desvios ou concessões.

O livro de Ducasse, você verá, será o alicerce e o veneno da história a seguir. Então agora me silencio. E deixo você na presença (quem sabe) aterradora de um monstro.

LUCÍFUGO

Quando começou? Não saberia dizer exatamente, mas estou certo de que tem alguma coisa a ver com o colégio em que estudei. Era de padres, naquele esquema de semi-internato que nem sei se existe mais. Entrávamos às oito da manhã e saíamos às quatro e meia da tarde. As coisas por lá nem eram tão rígidas, a maioria dos padres era simpática; muitos, inclusive, tornavam-se quase que amigos das crianças. Mas os anos de convivência direta — todos os dias, o dia todo — com as doutrinas da fé, ainda que professadas de forma implícita, acabam por definir o sujeito para sempre, é o que penso.

Agora, imagine o poder que essas doutrinas exercem sobre quem, como eu, sempre teve uma inclinação para a correção, para a disciplina e, em último caso, quando ambas inexistem, para a intolerância. Claro que só tive consciência disso mais adiante, depois de muita autoanálise. Mas assim era, e esse comportamento se intensificou diante da minha certeza de que o mundo não prestava, não presta e jamais prestará; de que tudo precisava de uns bons ajustes, de uma boa limpeza.

O fato é que, na escola, eu me permitia compreender todas aquelas arengas religiosas à minha maneira. Gostava das homilias e das aulas de religião. Ficava ali, remoendo as palavras, procurando por sentidos ocultos e interpretações subterrâneas em tudo o que os padres ou as professoras de religião falavam — e é claro que encontrava o que buscava. Assim, aos poucos fui concebendo uma ideia particular de Deus e de fé. Uma percepção muito pessoal, mesmo, e que eu não dividia com ninguém: nem com os amigos, que afinal jamais tive, nem com os padres. Eu ia além. Desprezava alguns mandamentos, que acreditava só servirem a um período histórico já morto e sepultado, e ampliava o sentido de outros que correspondiam mais à minha época, à minha visão de mundo. No entanto, repito: só digo isso com propriedade, hoje, porque analisei o caso a fundo. Na época, eu não tinha ideia do que acontecia. Mas, aos poucos, a doutrina católica foi se misturando à sensação de que alguma coisa não ia muito bem. E isso já se traduzia em um comportamento, digamos, fora dos padrões.

Uma das minhas primeiras lembranças da infância, por exemplo, é de passar um bom tempo esfregando, com um pano úmido, as bonecas das minhas irmãs. Elas estavam sempre imundas. Sei que essa não é a melhor forma de apresentar as minhas queridas gêmeas; mas servirá, para o momento. Eu nunca soube direito o que elas faziam para deixar as bonecas naquele estado, mas não suportava os corpinhos de plástico róseo cheios de manchas escuras, de terra e de sei lá mais o quê. Não tolerava o desleixo, a invasão. Assim que elas saíam do quarto que dividíamos, lá eu ia colocar um pouco de higiene naquela porcaria. Claro, se uma delas me visse fazendo aquilo, ficava furiosa, e o pau quebrava entre nós. Só que, mesmo sendo mais novo, eu dava um belo jeito naquelas caras cínicas; ah, se dava.

Os desenhos que elas faziam também chamavam a minha atenção. Uns garranchos selvagens, espalhados sem qualquer controle ou respeito pelas folhas em branco, muito mais desordenados e expansivos do que os desenhos de crianças normais. Ou do que os meus, por exemplo, embora eu estivesse longe de qualquer normalidade. Mas eu amava desenhar; talvez porque tivesse total domínio sobre o que apareceria à minha frente; aquele era o meu pequeno reino branco retangular, e nele eu era soberano. Fazia surgir o que bem entendesse, e a ordem sempre imperava. Elas, não: pareciam segurar com ódio os pedaços de giz de cera, e como epilépticas os esfregavam pelo papel, maltratando-o, rasgando-o. E o faziam com mais gosto depois que percebiam a minha contrariedade.

Pensando bem, essa bagunça toda também tem um bocado a ver com as gêmeas. Nunca nos entendemos. Pelo contrário: sempre me irritaram a expansão, a selvageria, a barulheira que era a existência de minhas irmãs, três anos mais velhas do que eu. Elas jamais aceitaram que eu fosse como sou. O exato contrário de ambas. Retraído, quieto, organizado, estudioso, disciplinado... A partir daí, você pode deduzir um perfil das duas.

Não tinha jeito. É verdade que tentávamos nos conciliar, que por raros momentos passávamos por cima desse desprezo mútuo. Mas eram períodos breves, que logo desaguavam no mar furioso da nossa convivência. Elas não eram idênticas só na aparência, mas também nos hábitos e nas personalidades — algo raríssimo em gêmeos univitelinos. Eu nasci minoria, mas meu ódio me multiplicava, me punha em igualdade diante das duas. É possível que, por conta desse ódio dobrado, eu já me considerasse "maior" e mais capaz do que realmente era; uma sensação que talvez tenha se estendido ao futuro. Talvez. Mas, naquela configuração, eu experimentava uma energia que brotava do âmago familiar e que já me impulsionava rumo a uma grandiosidade que pode ser que não me dissesse respeito. Em todo caso, minhas irmãs (prefiro nem nomeá-las) e eu: desde o começo, uma relação perdida. E piorada por um evento que abordarei em breve.

Quem sofria mais era a minha mãe, que precisava segurar a bronca sozinha, além de trabalhar e cuidar da casa. Meu pai a deixou algum tempo depois que nasci. Sumiu do mapa. Nunca mais tivemos notícia dele e não chegamos a conhecer os motivos que o levaram a fazer isso, pelo menos não os motivos exatos. Vira e mexe a minha mãe, no ápice do desespero, soltava algumas pistas do que poderia ter ocorrido. "Vocês três foram demais para ele, que quis outra vida", dizia uma ou outra vez, os olhos vermelhos desfeitos em lágrimas.

"Quis outra vida" que não aquela com a gente. Para mim, meu pai é um desconhecido, do qual tenho pouquíssimas lembranças. Sua figura só me vem à memória aos pedaços, nunca por completo. Os olhos escuros e fixos, raramente dirigidos a mim. A boca e o nariz grandes, que eu preferia ver de longe. E a estatura. Ele era enorme. E me lembro de ser intimidador também. Nos primeiros anos depois de sua partida, minhas irmãs perguntavam sempre por ele, e choravam, mas eu não compreendia do que adiantariam aquelas lágrimas. No geral, minha mãe era evasiva nas respostas. Escondia-se para chorar, o que também não fazia sentido para mim. A não ser por essas tristes projeções nas mulheres de minha família, aquele homem nunca fez parte da minha história. E por isso não voltará a ela.

Já meu avô aparecerá com frequência por aqui. Era o pai da minha mãe e sempre esteve por perto naqueles anos. O velho tinha uma grana razoável, um patrimônio acumulado ao longo de uma carreira bem-sucedida como antiquário. Começou ajudando o pai — meu bisavô — a vender, em feiras de finais de semana, as quinquilharias trazidas clandestinamente da Ásia Central, e terminou com uma grande loja de antiguidades em um bairro nobre de São Paulo, que foi por muito tempo a preferida de algumas famílias abastadas da capital.

E meu avô mereceu a prosperidade. Sempre foi um ótimo vendedor, um homem persuasivo. Também contribuiu para o sucesso o caráter exótico dos objetos que ele comercializava, assim como o mistério que pairava sobre sua figura, sobre seu passado. Nunca soubemos direito quais eram as reais origens dele, quais as raízes de nossa família; o velho era ainda mais reservado do que o costume em relação a isso. Se algum de nós desse a entender que gostaria de saber sobre nossos ancestrais, bastava um olhar gelado dele para que desistisse no mesmo instante. Por outro lado, quando se tratava de vender, ele falava com exuberância e sabedoria. Aos poucos, meu avô foi expandindo os negócios do pai, trazendo artigos também da África.

O velho era convincente porque dizia as palavras exatas no momento exato. Sabia antecipar os movimentos mentais de seus clientes. Aqui destaco outra qualidade dele — a maior, sem dúvida: ler as pessoas. Lê-las muito além do que falavam, do que gesticulavam, de suas expressões. Ele sempre foi um leitor atento, fosse de livros ou da espécie humana. E não tenho dúvidas de que foi capaz de me interpretar antes que eu mesmo entendesse o que acontecia dentro de mim. Voltarei a isso mais adiante.

Apesar de bem-sucedido, meu avô logo percebeu que a loja não poderia ficar na família. Seus filhos não a assumiriam. Meu tio se formou como médico, e minha mãe não tinha o perfil adequado, além de estar sempre ocupada pelos meus conflitos com as minhas irmãs. Talvez o velho depositasse alguma esperança em mim, seu favorito, mas notou cedo a minha ausência de traquejo social. E tenho certeza de que sequer considerou minhas irmãs.

Sabendo que não havia formado um herdeiro ou uma herdeira, o velho vendeu a loja. Essa foi a única vez que o vi triste, triste para valer, ainda que isso só fosse perceptível a quem o conhecesse de verdade. Vendeu-a, aplicou o dinheiro sob a orientação do filho médico, que tinha algum tino financeiro, e constituiu um patrimônio sólido o bastante para que vivêssemos — ele, a filha abandonada pelo marido e os filhos dela — com relativo conforto. Escola particular, aulas de música, uns brinquedinhos que demoravam mais para quebrar, esse tipo de privilégio.

Fora do âmbito material, porém, a tônica doméstica era o caos. De nada adiantavam os apelos chorosos e desesperados de mamãe, que logo perdeu o controle sobre nós. Eu abominava minhas irmãs e era correspondido. Vivíamos trocando tapas e até socos, e a minha faxina naquelas bonecas nojentas, bem como a destruição que eu promovia daqueles desenhos abjetos, eram só alguns dos muitos motivos para isso.

Como já disse, a minha formação católica deve ter influenciado as atrocidades de que hoje me acusam. Mas tenho certeza de que meu avô também participou disso. Eu o admirava imensamente, e o respeitava ainda mais. À sua maneira distorcida, o velho ocupou o espaço deixado pelo meu pai e dedicou a mim um sentimento que jamais o vi manifestar diante das minhas irmãs. De seu modo particular, acho que ele gostava mesmo de mim. Nunca o disse ou demonstrou, mas eu percebia em sua voz, quando se dirigia a mim com uma empolgação reprimida e uma ternura arrependida — traços que sumiam quando ele falava com uma das gêmeas. Com elas, vovô era duríssimo.

Lembro-me das duas pequenas, brincando com uma amiguinha da escola no jardim da casa do velho. Tinham idades próximas e costumavam se juntar contra mim. Como naquela tarde — que hoje sei ter sido determinante para o que veio depois. Foi uma das raríssimas vezes que elas me chamaram para brincar. De esconde-esconde, valendo por toda a casa. Ainda não sei direito porque topei... mas topei. Não percebi nada. Resolvi me esconder no depósito — um galpão que ficava nos fundos do quintal onde se acumulavam a mobília e as tranqueiras que ninguém queria mais, e onde nunca entrávamos. Não sem algum temor, me esgueirei na escuridão por entre a tralha poeirenta e agachei atrás de um sofá mofado. Esperei e esperei, não conseguindo conter os arrepios. Não ouvia nada, nem os gritos de "achei!". A noite chegou e o silêncio se expandiu. Não sei bem por quanto tempo estava lá até que comecei a ouvir um barulho, uma batida na madeira. Leve, quase inaudível, do outro lado do galpão. Mas ouvi e percebi que foi aumentando de intensidade, foi se aproximando. Tudo piorou quando junto à batida soou um grunhido, quase um ranger de voz, também chegando mais e mais perto. Me lembro de ficar paralisado, e de começar a chorar quando as batidas e o murmúrio estavam quase em cima de mim, no escuro. De repente, uma explosão de luz e gargalhadas: segurando uma lanterna, uma das gêmeas continuava rangendo os dentes, enquanto a outra e a amiguinha delas se contorciam cacarejando, apontando para mim, para a poça amarelada entre as minhas pernas.

Foi a ruptura definitiva, se é que eu precisava disso. Pouco depois, já de volta à casa e de banho tomado, me recolhi em um canto da sala e, quando vovô voltou do trabalho, contei a ele o que tinha acontecido. Então foi a vez de elas tremerem de medo ao ouvirem os passos pesados golpeando a madeira antiga do assoalho, se aproximando. Naquele momento, como em tantos outros, eu me senti vingado. Soltando trovões pela voz, ele ordenou que elas recolhessem as bonecas da terra do jardim — por isso que ficavam imundas —, mandou a amiguinha embora e as confinou em um castigo por horas, sem jantar. Minha mãe tentou argumentar, mas o temor causado pelo meu avô também a subjugava. Com as coisas enfim em ordem, o velho fez o que sempre costumava fazer: me convocou, e apenas a mim, à biblioteca, para que eu o ouvisse ler trechos de obras que adorava.

Sim: além de vender seus itens, ler foi o prazer mais intenso que ele experimentou na vida. E era bom nisso. Sua biblioteca era nada menos do que assombrosa. Graças às viagens frequentes para lugares fora dos circuitos tradicionais, e devido às relações com fornecedores um tanto específicos, vovô reuniu uma coleção que valia, sem exagero, uma fortuna. Boa parte das estantes da biblioteca de casa, sempre trancada, era ocupada por itens de colecionador. Alguns livros raríssimos, outros proibidos, últimos exemplares de edições esgotadas há décadas, e por aí vai. Os temas variavam, mas havia uma certa predominância: poesia, decadentismo e ocultismo.

Eu adorava ser o único a quem era permitido acompanhá-lo durante as leituras. Ao menos três vezes por semana, sempre aos finais de tarde e às noites, ele passava por mim com um comando sutil no olhar. Depois retirava uma chave do bolso do paletó, destrancava a sala com portas brancas e placas de vidro, escolhia algum exemplar em uma das estantes que alcançavam o teto e se jogava na quase centenária poltrona de veludo escuro. E eu me aconchegava entre as almofadas de seda no chão, deitado sobre o tapete persa felpudo que ocupava quase todo o espaço. Na maioria das vezes, ele lia por um bom tempo. E eu, pequeno demais para compreender, quase sempre dormia. Acordava algum tempo depois com uma suave bronca, uma reprimenda aplicada com todo o carinho de que ele era capaz — quase nenhum.

Agora, se você me perguntasse quando a tal ideia me ocorreu pela primeira vez com clareza, diria que foi durante uma dessas leituras, pouco depois da humilhação causada pelas gêmeas.

Eu devia ter uns onze anos. E, por mais que não entendesse nem metade do significado daquelas palavras difíceis proferidas pelo meu avô, gostava do exílio silencioso em que nos encerrávamos, um aconchego trancado e suave, sempre aos crepúsculos. Eu gostava daquela voz aveludada a ler frases cujo sentido eu não conseguia compreender por completo, me assegurando de que o mundo aborrecido estava longe, cada vez mais longe dali. Sim, o mundo aborrecido. Eu não tinha amigos, não me entendia com ninguém da minha escola. Era o que se pode considerar uma criança introvertida, taciturna, até melancólica. Mas não me sentia exatamente triste; apenas não me interessava pelo que acontecia à minha volta. Preferia desenhar, estudar ou fazer o que fosse sozinho, por minha conta. Acompanhar meu avô durante as leituras dele era, hoje percebo, o ápice da satisfação que eu extraía do isolamento. Um isolamento compartilhado, por assim dizer. Hoje sei que ele não só compartilhava dessa percepção, como trabalhava silenciosamente por isso.

O fato é que as raízes da tal ideia se manifestaram pela primeira vez naquela biblioteca. Lembro-me da ocasião como se fosse agora mesmo: lá estava eu, naufragado entre as grandes almofadas, me equilibrando entre a vigília e o sono. A noite avançava sobre o dia e uma garoa mansa preenchia com estática os intervalos entre uma frase e outra do meu avô. Despertei com o crepitar de seus ossos quando ele se esticou para pegar um livro de capa escura. Retirou-o da estante e me encarou. Um olhar austero e antigo, que convocou todo o meu ser. Então, ele disse, ainda mais grave do que de costume:

— Agora vou ler algo diferente. Não sei se você vai entender, mas acho que já é homem o bastante para pelo menos ouvir.

E se pôs a percorrer as páginas amareladas com o indicador guiando os olhos, ora em silêncio, ora citando longos trechos pontuados por pigarros. Tudo ia como de costume. Até que ele leu uma frase, uma única sentença, da qual me lembrarei para o resto da vida:

— *"Como iria eu inspirar horror a mim mesmo, diante dos testemunhos elogiosos que partem de minha consciência?"*

O eco daquelas palavras arregalou meus olhos. Por mais rebuscada que fosse, a formulação ressoou nos meus pensamentos — eu era um garoto de onze anos que, embora de forma difusa, pensava com frequência em três palavras ali presentes: "horror", "testemunho" e "consciência". Pedi para meu avô repeti-la, o que ele fez sem tirar os olhos de mim. Repetiu-a quatro ou cinco vezes, sempre me encarando.

Achei aquilo estranho. Mesmo assim, anotei a passagem mentalmente e depois perguntei sobre o livro. Me arrepiei ao escutá-lo pronunciar, em um tom grave: *Os cantos de Maldoror*, escritos por um tal Conde de Lautréamont. Naquele momento, não compreendi direito o nome do autor, por mais que meu avô o tivesse repetido; mas o termo "Maldoror" também calou fundo em mim, no mesmo instante em que o ouvi. As paisagens evocadas! As cenas de maldade e de horror que a palavra revelou à minha frente, apenas ao ser pronunciada, antes mesmo de eu colocar minhas mãos no livro! Só depois descobri que Lautréamont foi o pseudônimo de Isidore Ducasse, cuja biografia é marcada pelas dúvidas e pelos mistérios. O que se sabe de sua vida é uma sucessão de fatos obscuros, poucos deles realmente comprovados.

O fato é que a inflexão aconteceu naquele anoitecer. Foi quando me tornei obcecado pela obra. Meu avô percebeu o meu interesse com uma satisfação incontida e se propôs a me emprestar o exemplar, desde que o tratasse como a relíquia que era. A partir de então, eu o li e reli por incontáveis vezes ao longo dos anos, e não exagero se disser que o livro se tornou um breviário para mim. Depois, li muitos outros da biblioteca dele, entre os quais destaco o Marquês de Sade, claro, além de Huysmans, Bataille, Eliade e Pizarnik. Um universo composto graças à coleção e às leituras de meu avô; e o epicentro desse sistema foi e sempre será o "outro sol", meu Lautréamont.

Os atos de "crueldade" e "morbidez" descritos com as tintas do desvario, e as justificativas do narrador para tais atos, influenciaram o modo como vejo e entendo o mundo. O mundo concebido por Maldoror/Lautréamont/Ducasse, povoado por sonhos e governado por pesadelos, espalhado por paisagens sórdidas e iluminado por chamas selvagens, tanto me impressionou que acabei por ocupá-lo. Tornou-se meu. Eram minhas as palavras com as quais ele descrevia seu reino particular, e meus os delírios, os arroubos de bárbara crueldade. Atos nos quais espelhei minha própria obra.

Digressões... Sempre me empolgo ao falar desse monumento à liberdade, tão marginalizado quanto incompreendido. De alguma maneira, as ideias defendidas por Lautréamont, perigosas e venenosas para tantos, se misturaram aos princípios religiosos — os meus, de que já falei um pouco acima. Àquela convicção de que o mundo precisava de conserto, e de que Deus precisava de braços terrestres dispostos a tudo para auxiliá-lo na divina obra da purgação, juntou-se uma concepção de liberdade de ação sem precedentes. E ela foi fortalecida por uma consciência que a tudo perdoaria, em nome dessa mesma obra.

O que transborda, n'*Os cantos de Maldoror*, é o desprezo, o avassalador desprezo por tudo o que não diz respeito ao narrador e aos seus devaneios. Ele se ama, ele se basta: e para estar em mais lugares além daquele no qual se encontra, para inebriar, intoxicar o mundo ao redor com sua presença, expande-se por todos os lados; fodendo, destroçando, mutilando, assassinando, pervertendo, abusando, sacrificando. Você pode se perguntar: "Mas nesse livro alguém mata mulheres no exato momento em que elas gozam?" Claro que não. São muitas as atrocidades cometidas pelo narrador, mas o mérito dessa é meu.

Minha causa, você verá, talvez seja menos enamorada de si mesma. É um propósito que nasceu da pura observação, da constatação de algumas impressões que sempre tive a respeito da espécie humana — mais especificamente de seu nascedouro, o sexo feminino.

Aliás, você deve intuir, pelo que foi noticiado e pelo que eu disse até aqui, que a minha relação com esse sexo nunca foi muito boa. E é isso mesmo. Tive o azar de crescer cercado por meninas alucinadas; verdadeiras máquinas de enlouquecer. Quando minhas irmãs se juntavam às amigas, a algazarra era tal que eu me via obrigado a enfiar tufos de algodão nos ouvidos para que minha cabeça não estourasse de raiva. Meu avô não costumava estar presente nesses momentos terríveis, ensurdecedores. Eu as abominava, odiava aquela alegria repulsiva e — eis outra palavra que me arregalou os olhos quando me ocorreu pela primeira vez — demoníaca. Até hoje me lembro de como ficava assustado ao observar, por uma frestinha na janela do quarto do velho, onde eu costumava me esconder, aqueles olhares alucinados e os dentes arreganhados; lembro-me de me sobressaltar quando, mesmo com os ouvidos tapados, eu escutava as risadas e os gritos estridentes, como se vindos do corredor de um hospício.

Aquilo, estou convencido, não era certo. Pior: não era humano. Havia algo de muito errado naquele timbre esganiçado e naqueles movimentos frenéticos. Algo que se insinuava no prazer de humilhar garotinhos e emporcalhar bonecas, e que só vinha à tona nos instantes de puro êxtase, no clímax, mas que, em outros momentos, ficava à espreita, quieto, tramando. Demorou bastante para que eu descobrisse o que era. No entanto, antes tarde do que nunca.

Minha primeira vez demorou a acontecer. Ao contrário da maioria dos meus conhecidos da escola — que "liquidaram a fatura" (ou pelo menos afirmavam ter liquidado) logo após o surgimento da primeira névoa pubiana, e quase sempre recorrendo a profissionais —, eu não dava grande importância ao simbolismo do ato.

Tampouco era indiferente aos encantos do sexo oposto, veja bem. Não, o fato de não me entender bem com as mulheres mais próximas a mim não me fez homossexual, ou mesmo assexual. O problema era estar cercado por algumas delas que ou me enervavam, ou me assustavam. Na escola, porém, durante os intervalos em que, sentado em um banco mais afastado, eu me ocupava com a leitura de algum livro da biblioteca do meu avô ou desenhando, era inevitável que baixasse o exemplar ou o caderno para contemplar algumas garotas caminhando meio desconjuntadas, agitadas, sem consciência da própria volúpia recém-conquistada. Eu não resistia a cobiçar aquelas carnes rígidas e avolumadas, de curvas realçadas pelos shorts ou pelas calças de moletom do uniforme. Não deixava de fantasiar com aqueles peitinhos arrebitados e saltitantes, como se fossem cabecinhas que acenavam felizes por enfim terem brotado para a vida.

Por outro lado, isso me contrariava, pois tirava a minha atenção do que, no fundo, era mais importante. Durante algum tempo, procurei repreender a mim mesmo, sufocando pensamentos e fantasias que considerava supérfluos, menores. Chegava até a apertar as minhas próprias bolas e estapear o meu pau a ponto de ir às lágrimas, sozinho dentro de uma das cabines do banheiro da escola, para tentar frustrar as incontornáveis ereções. Logo tive de admitir o fracasso de tudo isso; eram impulsos mais fortes do que eu supunha. E, ainda que tentasse controlá-los, uma hora tive que me submeter.

Fácil não foi, nem um pouco. As garotas que eu conhecia reagiam com desprezo, e até com certa repulsa, às minhas olhadelas. Eu não podia culpá-las. Nunca fui particularmente feio, mas estava longe de ser um garoto bonito. Já alto para aquela idade, era magro e não tinha o porte atlético de vários de meus coleguinhas — resultado da rigorosa política de incentivo ao esporte predominante entre os padres do nosso colégio. Eu era, isso sim, desajeitado, como são as pessoas que não sabem direito como lidar com os braços e as pernas que dobram de tamanho da noite para o dia.

De lá para cá, pouca coisa mudou: eu já mantinha meus cabelos negros sempre bem curtos, meu nariz já havia crescido mais do que o recomendado, a boca já se arqueava para baixo, desacostumada a sorrir, e meus olhos já se esquivavam do mundo, brilhando apenas diante de coisas que eu não podia compartilhar com coleguinhas. Com o tempo, pelo menos conquistei a habilidade de movimentos exigida pela minha vocação; uma certa malemolência, imprescindível para a missão que me cabe cumprir. Naqueles anos, no entanto, não mentirei: durante as minhas caminhadas solitárias, eu não disparava nenhum coração feminino.

Ou melhor, algum, sim. Porque pouco depois descobri que uma menina vizinha da casa do meu avô — uma garota cujo nome manterei incógnito e que era amiga ocasional de minhas irmãs – cometeu o desatino de gostar de mim. E gostar sinceramente, pelo que parece.

O rosto dela era feio como a fome: olhos desalinhados, sorriso metalizado por aparelhos nos dentes, cabelos loiros mal cuidados chapiscando a testa oleosa, espinhas borbulhando por toda a face. Mas o corpo, cuja transformação fui acompanhando de perto (sempre escondido atrás da janela), me fazia salivar, não posso negar. De estatura média, tinha seios volumosos e a cintura afinada desaguava nas colinas de uma bela bunda. Pernas grossas e saudáveis sustentavam sua figura.

Um dia, quando eu estava prestes a completar quinze anos, encontrei um bilhetinho escondido embaixo do meu prato de lanche, na casa de meu avô. Puxei o papelzinho e li "Eu gosto de você", com a assinatura dela embaixo. Lembro-me também do que senti no mesmo instante, e não foi o coração acelerado ou o frio na barriga; foi, antes, uma curiosidade ansiosa e sorridente. Uma vontade de explorar aquela oportunidade até as últimas consequências.

Então, resolvi. Podem apontar muitos defeitos em mim, mas a indecisão nunca esteve entre eles. Alguns dias depois, avancei em meio àquela algazarra do quintal, entre as minhas irmãs e prima atônitas, aproximei-me da garota e deixei um bilhetinho no bolso de seu vestido puído, marcando um encontro para dali a uma hora no depósito — o mesmo em que tinha molhado minhas calças anos antes.

Para lá me dirigi, cuidando para que ninguém, além dela, percebesse o arranjo. Quando abri a porta, o forte odor de passado quase me derrubou. O depósito estava claro e cada detalhezinho daquela tarde me marcou. Lembro de me acomodar, o coração aos saltos, no mesmo sofá mofado atrás do qual me escondi; lembro de como armários, cômodas e mesas de madeira escura se empilhavam quase até o teto, unidos por teias e mais teias de aranha; de como cada segundo durou horas e de como desconfiei de que ela jamais viria.

Mas ela veio. O ranger da porta me fez sobressaltar, e, nervoso, acompanhei-a caminhando hesitante na minha direção. O vacilo dela me tranquilizou, de alguma forma; senti-me impelido a tomar as rédeas. Pedi para que se sentasse ao meu lado. Quando estapeei a almofada para limpá-la, o pó a fez espirrar. Sentou-se bem perto de mim e, fugindo do meu olhar fixo, deixou que eu pegasse sua mão. Era estranho, eu nunca tinha feito nada do tipo, mas parecia saber como proceder. Trouxe a mão para o meu rosto e me esforcei para chegar perto dela, até sentir o ar cálido de sua respiração. Ela tinha bronquite, e cada expiração era acompanhada por um assobio rouco de seus pulmões — uma fragilidade que, assim tão próxima, me excitou de verdade. Então a beijei. Com força, com desajeitada força. No começo ela se encolheu toda, assustada, mas depois cedeu. As línguas duelavam, ambas nervosas dentro das bocas uma do outro.

Ela continuou cedendo enquanto minhas mãos começaram a percorrer seu corpo, afoitas; apanharam os seios com uma força que a fez gemer de dor, deslizaram por seus quadris e apertaram-lhe a bunda. Deitei-a no velho sofá, que reclamava rangendo do meu progresso, e tirei seu vestido. Ela passou a corresponder ao meu ímpeto, e me apalpava também, o assobio de seus brônquios tendo se transformado em um ronronar. Aquilo me excitou ainda mais. Tentei tirar o sutiã, mas fracassei. Com uma risadinha irônica, ela mesma o fez.

Ergui-me e olhei rapidamente para aquelas belezas gêmeas, dois manjares branquinhos, para aquela cintura delicada e a calcinha de menina, que arranquei com um gesto abrupto. Ela continuava rindo. Também abruptamente, tirei a camiseta, baixei a bermuda e a cueca, e tentei penetrá-la.

O sorriso sumiu do rosto dela, que se contraiu em uma careta. Pegou meu pau e, com jeito, colocou-o devagar naquele templo acolchoado, tão úmido e quente, que eu frequentava pela primeira vez. Foi a sensação mais agradável que havia experimentado até então. Ela sabia o que fazia e, com as mãos apertando a minha cintura, me conduzia como bem queria. Eu parecia afundar por completo, de corpo inteiro. Uma vez lá no fundo, começava a me erguer, rodopiando, rumo à estratosfera.

Ela abafava os gemidos, mas o ronronar de seus pulmões acabou virando um rosnado: algo acontecia. Mal sabia eu naquele momento, mas ela gozava, e — agora você vai perdoar minhas digressões, pois enfim chegamos aonde eu queria — foi aí que percebi que algo estava mesmo errado.

Suas feições se contorceram e me assustaram tanto que por pouco não gritei. Semicerrados, os olhos se transformaram em dois vazios; os lábios se abriram e a boca virou uma fenda negra, e, naquela penumbra, juro que vi tufos de seus cabelos flutuarem, como se fossem movidos por uma estática maldosa. Do buraco da boca veio não um gemido de bronquite, mas um estrondo gutural, monocórdio, inumano.

Pouco depois, voltou ao normal. Lânguida, aconchegou-se a mim, mas logo estranhou a minha expressão; eu estava mesmo apavorado. Desconversei, disse que era minha primeira vez e que me sentia muito nervoso, que gostaria de ficar um pouco sozinho, na minha. Ela saltou da moleza à incompreensão, e depois à mágoa. Levantou-se, vestiu-se com raiva e saiu sem dizer uma palavra, chorando. Eu fiquei por um longo tempo fitando o escuro, o coração golpeando por todo o corpo, pensando no que acabara de testemunhar.

Não me soava certo, de modo algum. A criatura que vi naquele momento não era minha parceira, mas algo que surgiu por um instante e se escondeu no momento seguinte. E não parecia se ocultar apenas na garota que estava comigo, mas se insinuava também nos lapsos e no frenesi de minhas irmãs e de suas amigas, e em outras meninas que eu já havia observado. Algo que sempre me incomodou. Agora eu sabia o que era.

Naquela escuridão poeirenta, percebi que estava diante de uma revelação. A energia ordenadora em que eu depositava minha fé se manifestava por meio de um comando divino, nada menos do que divino, repercutido e até amplificado pelas leituras que eu vinha fazendo. E um dado curioso: a ordem mental veio na voz do meu avô. Associei tal fato à relação imediata que estabelecia entre o velho e o conceito de autoridade. E não dei tanta importância a isso, não naquele momento.

Ocorreu que, ao rememorar a expressão extasiada da garota, lembrei-me das caretas alucinadas das meninas quando brincavam, e tudo passou a fazer sentido. Em suma, o trabalho expurgatório a ser realizado a partir dali se tornou evidente: eu deveria atrair essas abominações, de cuja origem infernal já não duvidava, e eliminá-las no momento em que aparecessem.

Depois daquela tarde, não vi mais a minha primeira parceira por um bom tempo. Ela deixou de aparecer para encontrar as meninas e não circulava mais pela rua. Os meses foram passando, depois os anos. Durante esse tempo, segui com a minha rotina de leituras, de reflexões e de preparativos para o cumprimento da tarefa que tinha em mãos. Para isso, recorri inúmeras vezes aos ditames de Maldoror, já que meu avô não pediu o livro de volta. Encontrei, naquelas páginas noturnas, não apenas o embasamento moral que validaria meus atos a partir de então, como também uma inspiração feroz. As atrocidades cometidas pela solitária criatura, as dilacerações perpetradas por sua maldade e suas lâminas, me animavam de tal forma, me redimiam de tal maneira de meus próprios pensamentos perversos, que eu precisava me esforçar para conter os gritos de vingança ao longo dos dias e noites que atravessava sem companhia alguma além do livro. E os "testemunhos elogiosos", agora que as circunstâncias haviam esclarecido os meus deveres, partiam sem cessar de minha própria consciência, afastando qualquer possibilidade de horror que esses deveres pudessem causar. Sim, pois eles causariam horror em muita gente. Quanto a mim, naquele momento em que me deparei com o salvo-conduto íntimo de Maldoror, eu começava a me aliviar desse fardo.

Cerca de três anos depois do episódio revelador, meu avô adoeceu. Nós nos mudamos para a casa dele a fim de acompanhá-lo. O velho se recusou a ir para o hospital e a muito custo aceitou que contratássemos cuidadores. Ele piorou depressa, em poucos meses. Dessa época, trago lembranças vívidas: o corpanzil definhando a cada dia, o choro ininterrupto e irritante de minha mãe ao lado da cabeceira, e, pairando acima de tudo, o olhar aquoso do velho, que se fixava em mim sempre que eu chegava ao quarto. Ele já quase não falava, mas eu sei que seus olhos comunicavam uma ordem: "vá em frente". Em outras ocasiões, seu olhar parecia mais afetuoso, ou mesmo cúmplice. Podia lê-lo: "estarei com você".

Também me lembro, claro, de como as gêmeas pareciam indiferentes à ruína do velho. Elas só demonstravam alguma compaixão pela minha mãe, e continuaram me importunando de formas sutis enquanto eu lidava com a situação.

Meu avô morreu durante uma noite de inverno. Claro, houve comoção entre todos da família, e procurei me juntar ao pranto da forma mais convincente que pude. Mas não conseguia me sentir verdadeiramente triste. O velho parecia ter se transmitido para mim por meio daqueles olhares, das leituras e de toda a nossa convivência pregressa. Não sei bem como explicar, mas eu o sentia em mim. E conforme fui atravessando a adolescência rumo à idade adulta, me orgulhava de me perceber cada vez mais parecido com ele

— alguém que parecia já ter nascido velho, mas obstinado, e cujos olhos miravam poucos objetos neste mundo. Os objetos de meu avô, compartilhei-os aqui antes; e os meus já estavam claros para mim. Naquele momento, mais do que em qualquer outro anterior, minha vida futura se estendia à minha frente; minhas incumbências cintilavam adiante, inescapáveis.

Passado algum tempo da morte de meu avô, comecei enfim a agir. Avisei minha mãe de que sairia de casa. Sim, só a avisei, já que a herança que o velho havia deixado para mim — uma evidência de que ele aprovava meus impulsos — me permitia certa autonomia financeira, ao menos nos primeiros anos da minha vida adulta. Disse à mamãe que a minha convivência com as gêmeas tinha ficado insustentável. Ela procurou me dissuadir com chantagens e fez a cena de costume, autocomiserativa e deprimente. "Mais um que me abandona", era seu adágio preferido. Tentei demonstrar alguma compaixão, mas não fui muito longe: o melodrama acabou me irritando. Em certa altura, agarrei os ombros daquela mulher e lhe disse, olhando fundo em seus olhos, que, se eu permanecesse por lá, teríamos mais mortes na família. Eu queria construir minha vida bem longe de tudo aquilo; se não pudesse, alguma hora explodiria e não teria controle dos estragos. Minha mãe emudeceu. Foi um silêncio estarrecido que me surpreendeu, pois me surpreendeu o quão pouco ela me conhecia. Um sinal de que eu vinha fazendo bem o meu trabalho.

O dia de minha partida foi uma gritaria constrangedora. Felizmente, além da personalidade e de parte da fortuna, eu havia herdado a voz de meu avô, um trovão quando necessário. Fui obrigado a usá-la em toda a potência para que minha mãe se afastasse da porta da frente e me permitisse sair. Quanto às minhas irmãs, eu não sabia por onde andavam. Mesmo a ausência delas me irritava, pois eu tinha certeza de que estavam arruinando algo. As excrescências que eram só se tornavam mais irritantes, histriônicas e parasitárias conforme o tempo passava. Das duas, uma: ou me afastava definitivamente, ou eu começava minha obra ali mesmo, com aquelas criaturas encarniçadas, sem nem ter que usar o pau para lhes vasculhar as entranhas e desentocar os demônios que havia nelas. Naquele momento, a primeira opção me pareceu muito mais razoável. É claro que a ideia de matar as gêmeas me acompanhava fazia tempo, mas eu tinha consciência de que precisaria me aprimorar antes de tomar essa decisão.

Quando enfim saí da casa, já tinha destino certo. Havia alugado um pequeno apartamento a muitos quilômetros dali, na região central de São Paulo. No Bixiga, para ser mais exato. Era um cubículo de menos de quarenta metros quadrados no terceiro andar de um prédio de cinco, com fachada discreta mas simpática, pintada de bege-claro, em uma região movimentada de dia e decadente à noite. Minha mãe implorou para que eu contasse o endereço, mas resisti. Não queria correr o risco de ser importunado. Disse que a visitaria quando pudesse.

Assim, recém-chegado à idade adulta, lá estava eu, morando sozinho e com algum dinheiro para gastar como bem entendesse. Não é difícil imaginar a quais atividades eu me entreguei logo a seguir, com aquela convicção de quem ouve um chamado místico — ou, no meu caso, uma ordem —, e o responde com fervor, num timbre análogo, se fazendo de surdo aos sussurros carnais deste mundo. Com a diferença de que, para cumprir essa ordem, eu deveria justamente me colocar à disposição desses sussurros. Deveria transformá-los nos guinchos serpentinos que eram, para sufocá-los, esmagá-los, aniquilá-los.

A primeira noite após a minha mudança me marcou. Ou melhor, a noite depois do dia em que acompanhei o carreto com a minha cama, os livros que escolhera a dedo da biblioteca de meu avô, as roupas, uma mesa, um sofá, duas cadeiras e mais algumas quinquilharias até o apartamentinho que me acolheria a partir de então. Foi quando resolvi descer e circular pela região, para me familiarizar com aquelas paragens. Planejar e depois agir.

Assim que o sol se punha, o lugar virava um mau pedaço. À noite, a vizinhança atraía todo tipo de espécime sorrateiro. Dois quarteirões abaixo do meu, havia uma concentração de bares dos mais decadentes. E, entrincheirados ali, os puteiros da mais infecta categoria.

Caminhei um pouco pela região, sentindo o peso do olhar dos bêbados e das putas, e entrei na segunda casa pela qual passei. O enorme segurança da porta não implicou comigo. Era estranho, eu nunca havia sequer passado perto de entrar em lugares assim, mas era movido por uma confiança e uma segurança cuja origem eu desconhecia. Uma vez dentro, avancei como se fosse minha centésima noitada ali.

O cheiro de cigarro, de hidratante barato e de arrotos alcoólicos, a música alta demais ou o *striptease* preguiçoso diante de clientes flácidos, derramados em banquinhos de plástico: não sei bem o que me repugnou mais. Mas eu estava lá com uma missão, e cumpri-la fui. Me lembro de sentir a companhia do meu avô, vinda de algum recanto mais escuro daquele recinto. A memória das gêmeas, sempre vívida, também me enfurecia e impelia adiante.

Algum tempo depois que entrei, alguém veio em minha direção, atravessando as brumas de nicotina e gelo seco. Era roliça e menor do que eu. Os cabelos, escuros e volumosos. O rosto era redondo, porém malicioso, e o pequenino nariz se perdia entre olhos negros cozidos no álcool e um sorriso de dentes amarelados. Uma mulher pouco ou nada atraente, é verdade, que concentrava seus esforços de sedução em um majestoso par de seios. Eram fartos e ela os explorava como podia, com um sutiã de renda vermelha que os expunha quase que por completo. Logo abaixo, uma considerável pancinha; e, abaixo do umbigo espremido em um traço horizontal, a pelugem se avolumava até se tornar uma procissão escura.

Acho importante enfatizar, mais uma vez, que a descrição acima e aquelas que virão, cheias de volutas e metáforas, só as posso fazer agora, a uma distância segura dos acontecimentos. Só com a passagem do tempo fui capaz de avaliar com cuidado os pormenores das mulheres e das entidades que, naquela noite e em outras, eu tive diante de mim.

— Oi, bebê — disse, rosqueando os peitos com as duas mãos. — Não tá na hora de mamar?

Recuei; ela riu. Lá no fundo de sua risada, além do contorno chifrudo da úvula que vibrava, vi de relance, por uma fração de segundo. Sim, vi: a criatura que ria com ela ou por ela, e que dali a pouco tempo, tudo correndo bem, eu caçaria.

Perguntei-lhe o nome e o preço. Chamava-se Tangra e o valor era aceitável. Eu havia levado uma quantia razoável de dinheiro — parte da soma mensal dos recursos que usaria a partir de então — e ofereci o dobro para que ela fosse comigo para o apartamento.

Tangra fez menção de pegar o dinheiro, mas recusou. Sem chance de deixar o recinto, o chefe não autorizava. Eu havia me preparado para isso, separando uma quantia que me permitisse abrir portas. Pedi para falar com o dono ou o gerente, e logo o segundo veio. Um sujeito asqueroso, cujos olhos cintilaram diante do que propus. Após alguma negociação, ele chamou Tangra de lado e ambos conversaram por certo tempo. Ao voltar, ela me encarou, em dúvida. Então disse:

— Tá bom. Mas o pagamento é antecipado, e você também paga o Marabraz pela minha ausência.

Fui até o segurança da porta e paguei tudo. Tangra vestiu um casacão com estampa zebrada e, cerca de trinta minutos depois, após saltarmos pelas calçadas lotadas do caminho, estávamos no meu quarto.

Quando tentei desabotoar seu sutiã, ela gargalhou. Se afastou e despiu sozinha sem maiores peripécias, e percebi que havia me enganado com relação à procissão em seu ventre; a fila peludinha seguia assim até a vagina, encorpando-se logo acima em um "I" maiúsculo. Seus seios despencaram após se livrarem do sutiã. Ela continuava rindo.

Quando fui tirar minha roupa, Tangra balançou a cabeça. Estalou os lábios duas vezes e se ocupou ela própria disso, até me deixar de cueca. Sua boca veio se abrindo em direção à minha, mas desviou no último instante com uma risadinha condescendente, beijando e mordendo meu pescoço. Senti seu hálito entorpecido, mas suas mãos eram hábeis e me deixaram duro rapidinho.

Ela fez com que eu me sentasse na cama e se debruçou sobre meu tórax. Fechei os olhos, me entregando por alguns instantes ao prazer da descoberta, e ofereci meu corpo para a boca de Tangra, que continuava rindo das minhas reações e dos arrepios causados por suas carícias. Logo ela desceu e começou a me lamber lá embaixo, e me chupou com tanto empenho que quase acreditei que estivesse gostando de fazê-lo.

Tenho que admitir, foi extasiante. Acho que ela estava mesmo apreciando aquilo. Do contrário, como seria possível que eu me sentisse assim, sugado tão por inteiro? Como justificar que a boca dela parecia umedecer e absorver também os meus pensamentos?

Eu estava perdendo o foco, e Tangra riu de novo quando a puxei pelas axilas e a deitei ao meu lado. Mas ela percebeu minha resolução, resmungou um "tá bom, bebê, vem brincar", e buscou uma camisinha na bolsa cheia de cacarecos que trouxera. Rasgou a embalagem e me vestiu com rapidez espantosa. Inclinou-se levemente para trás, de costas, abriu as pernas e me guiou até a base carnosa daquele frondoso "I", umedecida pelo lubrificante que também havia saído da bolsinha.

Assim que a penetrei, experimentei de novo aquela sensação de glória viscosa, de encaixe supremo — embora este... *invólucro* fosse menos acolhedor. Por outro lado, concluo agora, essa constatação até que me serviu; se fosse mais prazeroso, talvez eu tivesse me desviado para sempre de meu objetivo.

Penetrei-a consciente, com vigor crescente, e ela reagia *crescendo* também. Tinha parado de rir. Começou a sussurrar, depois a gemer, e estava perto de gritar. Eu a encarava, me permitindo o mínimo de prazer para permanecer duro e nada além, de modo que não gozasse antes. Não era fácil, então me detive nas feições desagradáveis do rosto. Tangra comprimia os olhos, os cabelos escorridos pelo travesseiro, e os dentes amarelos arreganhados até as gengivas escurecidas. Era, agora sei, a expressão dolorosa e concentrada que antecede o salto no vácuo.

Então ela começou a estremecer: vinha vindo.

Do poço de sua boca se desprendeu um cheiro, um fedor nauseante, como do esgoto que estoura. Depois, o som; aquele timbre cavernoso, grave demais para ser dela. Vinha rápido, não havia dúvidas. Eu precisava agir. Então, à medida que acelerava meus movimentos, me debrucei sobre

Tangra para beijar seu pescoço — ao fazê-lo, senti sua pele vibrar com o rumor daquilo que chegava. Com o movimento, escapei da fedentina; também busquei, com a mão direita, a faca que havia escondido entre o colchão e o estrado da cama.

Peguei-a.

Tangra continuava de olhos fechados, bafejando a imundície. Estava longe dali quando eu, apoiado em um cotovelo, ergui a faca. E continuava distante enquanto hesitei por alguns segundos, até ouvir a manifestação final. Depois, vi: sim, vi as elipses vazias dos olhos se abrindo, as narinas se dilatando, os lábios se contraindo e a boca se crispando, feroz. Vi seu rosto derreter com o espasmo que tanto me horrorizara antes, e que voltou a me apavorar. Impelido por essa força assustada, baixei a mão e a faca no meio da boca da mulher.

Não, a faca não entrou em Tangra, mas na criatura que surgiu naquele exato momento. E, para me assegurar de que a matara, sem pensar, empurrei o cabo com toda a força para a frente, como se fosse uma pesada alavanca. O fio da faca estava virado para o lado de cima da cabeça, que, com a violência do movimento, se abriu numa fenda rubra.

Feito isso, fiquei paralisado. Admito, aterrorizado. Baixada a adrenalina, a pergunta foi inevitável: o que fiz? Como consegui fazer o que fiz? A despeito de todos os anos me preparando para agir e de toda a antecipação para o que poderia acontecer, a realidade se impõe. Sempre destroça nossos ensaios imaginários. O cheiro de um corpo aberto, do sangue e das vísceras vazando, os ruídos pegajosos da vida escapando, tudo isso me subjugou. O que você quer? Eu era um moleque, ainda que um moleque convicto de sua própria missão. Mas naquela noite tremenda, a primeira de todas, por muito tempo não consegui reagir. Continuei encarando a cabeça partida de Tangra, a mancha quase negra se espalhando pela cama, gotejando no piso. Não fosse a voz vinda lá do fundo de mim, e assim eu teria continuado até alguém chamar a polícia.

Mas a voz soou, me convocando de volta à razão. Eu havia me saído bem. Eliminara a criatura que surgira no ápice. Agora tinha mais trabalho a fazer e não havia margem para vacilar. A voz foi me içando de volta à realidade, à sangrenta realidade ao meu redor, e após um tempo me devolveu a confiança e a força necessárias para o que precisaria fazer. A partir daí, voltei a agir. A voz também me devolveu aquela energia incisiva e me vi tomado por um influxo de obediência. Sim, era a presença de meu avô que eu sentia por ali. Ficou claro o que eu deveria fazer, e me lembro de cada detalhe: de como, passado o pavor depois de abrir a cabeça do demônio da boca para cima, e de observar a vida e os miolos escorrerem pelo crânio partido, me senti excitado. Sim, dizia a voz, eu merecia aquilo, merecia o prazer. Com a mão sacudindo, terminei o que havia começado.

Depois, de volta ao trabalho. Limpei o piso e o forrei com metros e metros de papel plástico, apoiei nele o corpo ainda quente que retirei da cama e, com o auxílio de facas, serras e outros instrumentos que resgatei do galpão de meu avô, fui cortando-o em diferentes partes. Lembro de como joguei cada pedaço em um saco de lixo, reservando outros para a roupa de cama e os travesseiros imundos; de como preenchi cada saco com pedaços de papel e outros detritos de forma a esconder o conteúdo. E por fim me lembro de como, já exausto e suado, desci com toda aquela carga e a joguei na grande lixeira que ficava a dois quarteirões do meu prédio. Foram necessárias quatro viagens. Eu estava seguro de que as moedeiras do caminhão de lixo dariam conta de qualquer evidência. Mas não deram, como o fato de eu estar aqui lhe contando tudo isso pode comprovar.

De qualquer forma, agora chegamos aonde você gostaria. Não? Sim, sim, aos detalhes! Às minúcias repulsivas de cuja natureza ninguém, antes desse meu testemunho, ousou admitir a existência. Eu, porém, não tenho vergonha de minha natureza, e agora vou lhe mostrar todos os recantos sinistros dela.

Confesso que foi conturbado o período após o meu primeiro, digamos assim, exorcismo. A serenidade tinha me abandonado e quase não saía de casa, com medo de me expor a quaisquer riscos. Ignorava da forma que podia as súplicas da minha mãe. Passava o tempo tentando me distrair com livros, mas meu coração disparava quando o telefone tocava (era sempre ela, minha mãe, em quem eu descontava todo o meu nervosismo) ou quando ouvia uma sirene. E suava frio quando, nas pouquíssimas vezes em que saí para abastecer a geladeira, via um policial. Mas tentava manter o controle de qualquer jeito, para não levantar suspeitas. É claro que evitava a todo custo passar por perto do local onde Tangra trabalhava.

Também foi alguns dias depois daquela noite

que senti, pela primeira vez, o caroço na cabeça. Na época, não era nada perto disso; apenas uma pequena saliência no couro cabeludo, como uma verruga, uma minúscula bola esponjosa inserida por baixo da pele, logo acima da orelha direita. Percebi-a enquanto lavava a cabeça. Me lembro de passar o dedo por ali com curiosidade. Naquele momento, não senti dor alguma e não dei importância ao fato. Mal sabia o que me aguardava.

Em todo caso, sigo — sigamos — adiante. Aos poucos, bem devagar, a ansiedade foi passando. Fui percebendo que eu poderia circular sem precisar olhar para os lados a todo instante. Depois de um tempo que não sei medir bem, já estava planejando a minha segunda investida. E, a partir dali, não via motivos para que ela demorasse a acontecer.

Não demorou, de fato. Quando completei vinte e dois anos, resolvi me gratificar. Era o anoitecer de uma quinta-feira quente e úmida de primavera, as estrelas estavam ocultas pelas nuvens da chuva que caía e parava, caía e parava. Não chovia quando saí de casa, perto das nove, depois de receber com frieza as mensagens de alguns poucos familiares, e de eliminar qualquer possibilidade de minha mãe aparecer por lá para me cumprimentar: ela continuava sem saber onde eu morava. Eu tinha outros planos em mente.

Desci e caminhei na direção oposta à do estabelecimento que visitara tempos antes. Fui para outra área repleta de recreações noturnas, a pouco mais de um quilômetro dali. Era um pedaço mais arruinado do que o outro. Fedia a roupa usada, mijo e, em alguns pontos, merda que não era de cão ou gato. Nos pequenos bares se amontoavam os tipos dos mais desprezíveis e furtivos; criaturas condenadas, mastigadas pela vida. Me acompanhavam com seus olhares vazios, indiferentes à jornada de um elemento estranho por aqueles círculos subterrâneos. Se algum dos espectros me perguntasse o que eu fazia ali, diria na hora que caçava um deles, aquele entre os mais sorrateiros, mais insidiosos.

Mas ninguém me perguntou nada. Eu caminhava com aquela segurança que confrontava suspeitas e abria portas. Dessa vez, tinha uma estratégia diferente: escolheria um dos botecos e lá me acomodaria na esperança de que minha juventude atraísse alguma das bêbadas que circulavam por ali como vermes na carcaça de um cadáver.

Entrei na pocilga mais barulhenta que encontrei. Era como tantas outras que havia por lá: no corredor à esquerda, o chão banguela de azulejos brancos, rachaduras e mofo nas paredes; à direita, o balcão de plástico grudento pela fritura, e acima dele uma caixa de vidro com salgadinhos preparados sabe-se lá quando. Logo atrás, um velho aborrecido servia, com a ajuda de um rapaz doentio, os cachaceiros que se espremiam ali. Nas prateleiras da parede atrás do balcão, garrafas de procedência duvidosa empilhadas até o teto.

As banquetas à frente do balcão estavam ocupadas, então fui para os fundos. Ali, o corredor dava em um pequeno espaço no qual fora improvisada uma pista de dança. Embalava-a o som de um pequeno rádio em cujas caixas, já estouradas, uma mulher se esgoelava. Cantava com estridência sobre amores não correspondidos.

O lugar fedia a sovaco azedo, arroto e água sanitária. Com a exceção de uma pequena luminária fluorescente, estava às escuras. Na "pista", havia apenas um casal, ele agarrado a ela como a uma boia no mar tempestuoso. Encostei no balcão e pedi, ao rapaz doentio, uma garrafa de cerveja. Eu não costumava beber, mas seria inaceitável optar por suco ou refrigerante naquelas circunstâncias. Além disso, um jovem bebendo sozinho poderia ser uma boa isca.

A tática se provou eficaz. Quando eu chegava à metade do terceiro copo, algo tocou meu ombro esquerdo. Olhei para o lado e vi, pousados ali, três dedos ásperos e escuros, coroados por garras com esmalte vermelho já descascando. Olhei para trás e a vi, uma mulher corpulenta, as órbitas dos olhos bem abertos acentuadas pela luz fluorescente. Havia vindo dos fundos da pista improvisada.

A julgar pelo hálito, estava muito bêbada. A pouca luz não me permitiu vê-la melhor. Enchi o copo que ela veio estendendo para mim, e, de novo com uma desenvoltura justificada apenas pela iminência do cumprimento de um dever grandioso, comecei a conversar com ela.

Não que fosse muito difícil. Contanto que eu seguisse enchendo seu copo, ela falava sem parar sobre assuntos desconexos, de que agora me esqueci por completo. Me lembro, é claro, do nome, pois o achei curioso: Rocaya.

— Com ípsilon, bem chique.

À medida que Rocaya engolia a cerveja, e o fazia rápido, seu timbre de voz foi ficando mais agudo. Ela rivalizava com a mulher que continuava esganiçando no pequeno rádio, para deleite do casal, que agora se devorava em um canto escuro. Contei-lhe que gostava de poesia e, diante do olhar desconfiado dela, disparei um versículo de Maldoror adequado para a ocasião:

— "Ó, criatura! eis-te agora, nua como um verme, diante do meu gládio de diamante!"

Suponho que o termo "nua" tenha desferido o golpe final, porque os olhos de Rocaya se arregalaram. Disse que gostava da minha voz. Chegou perto do meu rosto e confessou que queria ouvi-la melhor. Virando sua cabeça para me desviar do hálito, falei, em seu ouvido, que morava ali ao lado e que poderíamos ir para lá. Sua resposta foi um sorriso assanhado. Minutos depois, eu estava mais uma vez a caminho de cumprir meu destino.

Não, desta vez não esconderei detalhe algum. Acho importante mencionar o momento em que enfim a vi, sob a luz amarelada dos postes da rua. Porque quero que você tenha ideia do quanto eu tive de me esforçar para encontrar algo que me excitasse naquela criatura.

Ela era toda um escândalo, uma figura grotesca. Quase da minha altura, mais robusta do que eu, tinha longos cabelos alisados e tingidos por um loiro alaranjado, que se apegavam à testa sebosa. Logo abaixo vinha um rosto bolachudo escondido por uma espessa camada de maquiagem: os olhos bem abertos com lentes esverdeadas se cercavam por uma sombra roxa, o blush se espalhava pelas bochechas imensas, separadas por um nariz reluzente, cheio de cracas. E a boca... ah, a boca era um espetáculo à parte. Rasgada numa diagonal torta, os lábios vinham mal delineados por um batom vermelho-escuro, e o queixo se projetava como uma gaveta entreaberta. Enquanto Rocaya falava, eu só conseguia ver seus dentes de baixo.

Já o corpo era um pouco menos acintoso. Só um pouco. Havia nele uma certa proporcionalidade, algum equilíbrio entre os seios e a bunda redonda, e logo concluí que nela, na bunda, eu deveria concentrar minhas atenções. Rocaya usava blusa preta de cetim e calça jeans bem apertadas, de modo que, na altura de suas costelas e da cintura, onde a blusa não cobria, saltavam pequenos morros diagonais de banha laceada. Devia ter por volta de trinta e cinco anos, embora parecesse mais.

Agora vamos à parte que interessa. Ou seja, direto para o meu apartamentinho, onde, meu asco à parte, já nos beijávamos — ou ela me engolia. Notei que Rocaya não deu tanta importância ao fato de eu ser mais novo, talvez pelo desembaraço com que tinha me portado até então. E também estava já bêbada. Talvez à beira do desmaio — eu teria que ser hábil e acelerar os processos, ou perderia minha chance para a inconsciência dela.

Como disse, concentrei minha atenção na bunda bem-apanhada e firme, ao contrário do restante do corpo. Nos beijávamos com intensidade cada vez maior, de pé e ao lado da cama. Eu a apalpava com volúpia também crescente, o que exercia um efeito positivo sobre o meu desejo. Ela reagia com grunhidos que eu evitaria, se pudesse, já que cada bafejada vinha cheia de uma pestilência ofensiva, mistura de álcool e má higiene bucal.

Ela mesma tirou a blusa e o sutiã preto, desenjaulando uma flacidez para a qual evitei olhar. Eu havia apagado a luz, deixando apenas uma luminária afastada acesa. Segurando Rocaya para que não tombasse, fugindo daquela boca que buscava a minha, eu tratava de desabotoar sua calça jeans. Tirá-la não foi fácil. Eu sentia as marcas da costura nas coxas gelatinosas, como talhos em baixo-relevo. Os grunhidos eram intermitentes, e eu temia que a embriaguez dela me impedisse de desentocar a entidade. Foi quando ela mesma, sem querer, me mostrou o caminho ao se virar de bruços e começar a rebolar, enquanto eu pegava a camisinha no gaveteiro.

Segurei suas ancas, dobrando-a e fazendo com que se ajoelhasse sobre a cama. Baixei a calcinha até os joelhos, peguei a camisinha e comecei a vesti-la enquanto ela se lubrificava com saliva. Me pondo de pé, penetrei-a com toda a força de que era capaz. Os zurros dela desceram alguns tons, soando como mugidos. Bom sinal: a coisa parecia despertar.

Conforme metia, notei que o procedimento não seria tão simples quanto imaginava. Ao contrário das vezes anteriores, agora só me restava aquele apelo visual, já que a sensação e o envolvimento não eram muito agradáveis. A bunda à meia-luz era mesmo bonita, boa de se apertar, mas os arredores não eram convidativos. Cada avanço meu parecia lançar uma pequena pedra na poça do corpo dela, reverberando em ondas que iam da cintura até as axilas, e das coxas para baixo.

Em todo caso, os mugidos se tornavam mais e mais contundentes. Já evoluíam para uma espécie de grasnado. A mulher parecia ter toda uma fauna dentro de si, e, conforme minhas mãos traziam aquelas ancas para mim, a voz ia se tornando mais e mais metálica. Foi quando vi metade do rosto e um olho esbugalhado dirigido para mim. E ouvi, pronunciada em um timbre que saltou do agudo ao grave, a ordem expressa:

— Põe no meu cu.

Acompanhei o indicador e o dedo médio que ela lambuzou e depois enfiou. Eu continuava prostrado quando, formando uma pinça com os mesmos dedos, mais o polegar, ela me pegou e levou até ali onde de fato pus.

A verdade é que foi, devo admitir, outra sensação gloriosa. Dessa vez era a glória do triunfo total, da ocupação definitiva. A comunhão inédita entre ver e sentir, entre contemplar a bunda submetida e experimentar o preço daquilo, o repúdio elástico da entrega. Mas eu flutuava cada vez mais distante da minha missão; e me perderia de vez caso ela não tivesse voltado a mugir. Os ruídos, agora, soavam como marteladas em placas de bronze. A besta já estava a caminho.

Ainda de pé e a penetrando devagar, estiquei o braço até a primeira gaveta de minha cômoda de cabeceira, fora do alcance de Rocaya. Abri-a e peguei o cinto. Então, repetindo um movimento que havia treinado várias vezes, enrolei cada extremidade em uma das mãos. E quando as marretadas no bronze soavam furiosas e vibravam pelo corpo flácido, quando a metade do rosto dela reapareceu entre a cortina sebosa dos cabelos, transfigurada, lacei seu pescoço e puxei para trás, cruzando as mãos. Conforme trazia a cabeça de Rocaya para a minha direção, empurrava a cintura para frente, penetrando-a cada vez mais fundo.

As marretadas se transformaram em engasgos: eu havia acertado em cheio, mas tive de convocar todo o meu sangue frio. Ela me chutou, socou, arranhou, mas fui cruzando cada vez mais os braços até que, depois de minutos se debatendo, Rocaya tombou na cama. Mantive o torniquete por mais algum tempo. Então soltei o cinto, que por pouco não se arrebentou, e tomei o pulso dela: silêncio. Estava livre.

Me levantei e olhei para o corpanzil retorcido, para aquele rosto arroxeado. Da gaveta aberta do maxilar pendia a língua e os olhos se banhavam em sangue. Uma das lentes havia se deslocado para baixo da córnea, compondo com ela um 8 bicolor. Com o pé, ajeitei o cadáver de modo a contemplar mais uma vez a bunda. Comecei a me masturbar.

Pergunto mais uma vez: o que você queria? Aquela situação tinha um custo para mim, insisto neste ponto. E eu merecia uma compensação, não merecia? Gozei rápido, até, disparando a porra nas costas já não tão flácidas de Rocaya. Depois fui buscar os apetrechos para executar os mesmos procedimentos de higienização da outra vez. Agora não pude hesitar; assim que a prostração se insinuou, a voz se impôs, urgente.

Porém, foi mais difícil cortá-la — os ossos da mulher eram robustos. O trabalho para limpar tudo também foi exaustivo, bem exaustivo. Mas vou lhe poupar desses detalhes, ou meu relato excederá o que me resta de vida. O que você precisa saber é que a manhã já tinha chegado e ia pela metade quando terminei. Estava sujo e exausto, então resolvi transportar a carga durante a noite seguinte.

Acordei com o sol do crepúsculo, encarcerado atrás das grades dos prédios no horizonte. Pelo menos me sentia refeito. Os sacos pretos estavam na minúscula área de serviço, empilhados e escoltados por moscas; vi uma barata também, ziguezagueando até se esconder nas sombras que surgiram quando acendi a luz. Eu esperaria um pouco para levá-los até lá embaixo, e depois faria uma boa faxina no apartamento. Isso me distrairia de algumas perturbações que, hoje tenho consciência, eu começava a sentir naquela época, mais subterrâneas do que qualquer motivação que tivesse.

Afinal, por mais afastado das convenções e da razão que eu me encontrasse, por mais convicto de que deveria dedicar toda a minha vida a tais empreendimentos, eu, bem no fundo, tinha consciência de que era um jovem imberbe matando mulheres para livrar o mundo das abominações encasuladas nelas. Ao ver as coisas mortas, eu era tomado pelo orgulho da glória; mas essa sensação era sucedida, sim, pelo assombro. Ainda que triunfal, o caminho até a extinção tinha sido penoso nas duas vezes que eu o percorrera. Não no exato momento em que atravessava esse caminho, mas depois, quando a adrenalina baixava, e quando eu tinha que eliminar os vestígios.

Já em relação às mulheres que sucumbiam junto às criaturas nelas escondidas, pouco me importavam, hoje percebo. Para além de um certo prazer, que por vezes eu sofria para encontrar e que em todo caso era indispensável às minhas realizações, elas nada tinham a me oferecer, ou ao mundo. Era o contrário; aquilo que carregavam só pretendia subtrair, sujar, confundir e arruinar. E havia sempre as sombras de minhas irmãs ao redor, tão nocivas quanto era estimulante a minha percepção de meu avô. Por isso, eu desprezava o conjunto delas como os invólucros passivos, resignados que eram. As coisas as escolhiam porque viam nelas a casca ideal. E por falar em cascas, "não se faz omelete sem que se quebrem ovos", como vovô costumava dizer em situações similares. Se é que houve alguma.

A limpeza do apartamento foi uma boa ideia. Comecei tarde da noite, depois de algumas viagens para deixar os sacos de lixo na calçada, e avancei madrugada adentro, indiferente às reclamações de vizinhos por conta do barulho do aspirador. Limpar, como já deve ter ficado claro, sempre me fez bem. Sobretudo naqueles momentos, em que me acalmava esfregar as manchas rubras no assoalho, nas facas e onde mais estivessem; me tranquilizava lavar a roupa de cama que pudesse ser lavada e descartar o que precisasse ser descartado, com as devidas precauções — eu cortava os panos em pequenas tiras e as separava em diferentes sacos. Também troquei o plástico de grossa espessura com que envolvera o colchão.

Terminei na beira da aurora, quando o piso de cerâmica que ainda esfregava se encheu de uma luz incerta. O dia chegou nublado, mas eu não sentia sono. Me sentia, isso sim, encorajado, renovado. Me deitei na cama enfim limpa e resolvi ler um pouco. Qual livro, não preciso dizer. Abri uma página qualquer:

"Deve-se deixar crescerem as unhas durante quinze dias. Ah! Como é doce deitar-se com uma criança, uma menina, que nada tem ainda sobre seu lábio superior, e passar suavemente a mão por seu rosto, inclinando para trás seus belos cabelos!"

Estremeci pelo que sabia vir a seguir:

"Depois, de repente, quando ela menos espera, crave as unhas longas em seu peito macio, de tal modo que ela não morra; pois, se morresse, não teríamos mais tarde o espetáculo de suas misérias! Em seguida, beba o sangue, lambendo as feridas; e, durante esse tempo, que deve durar tanto quanto dura a eternidade, a criança chora.

"Deixe seus olhos vendados enquanto dilacera suas carnes palpitantes; e, após teres ouvido, por longas horas, seus gritos sublimes, semelhantes aos estertores penetrantes que emitem durante as batalhas as goelas dos feridos agonizantes..."

Fechei os olhos por alguns instantes, como

costumamos fazer quando queremos ver e ouvir melhor. As cenas e os sons de Lautréamont se tornaram mais vívidos, nítidos. Prossegui numa leitura transversal, saltando frases, como tantas vezes fizera antes:

"Adolescente, é este, que está diante de teu rosto nobre, quem quebrou teus ossos e dilacerou tuas carnes, que pendem de diferentes lugares do teu corpo. Será um delírio da minha mente doentia, será um instinto secreto que não depende do meu raciocínio, igual ao da águia despedaçando sua presa, que me levou a cometer esse crime."

Parei aqui, pensando que, em meu caso, instinto e raciocínio caminham muito unidos. De toda forma, segui adiante:

"Ó tu, cujo nome não ouso escrever nesta página que consagra a santidade do crime, sei que teu perdão foi imenso como o universo."

Coloquei o livro de lado, a luz matinal já menos vaga. "Santidade do crime" e "perdão" eram as palavras de que eu precisava. Agradeci ao poder da aleatoriedade que atribuía àquele cujo nome tampouco ouso registrar aqui, mas a quem tenho por Deus. Lembro-me de fechar os olhos de novo, e de enxergar, na escuridão de meus pensamentos, o rosto severo de meu avô antes de mergulhar de vez no esquecimento. Naquele mesmo instante, senti uma leve coceira no lado direito da cabeça; passeei o dedo por ali e apalpei o carocinho; tive a sensação de que havia aumentado. Com a carícia de meus próprios dedos, acabei adormecendo, para despertar muitas horas depois.

Dessa vez não demorou para que eu voltasse a agir. Não sei dizer ao certo quanto tempo transcorreu, mas não foi muito. Nesse intervalo, ficou claro para mim que eu havia criado uma espécie de método para enfrentar a rudeza do meu trabalho. Me tranquilizou saber que, depois de consumar meus atos, eu poderia recorrer à limpeza obsessiva de casa e às leituras, nesta sequência. Isso me fez muito bem.

Eu saía por longas caminhadas pelo centro de São Paulo, quase sempre de madrugada, fones enterrados nos ouvidos, boné e roupas escuras. Em parte para manter a forma, em parte para espairecer. Era arriscado, mas eu caminhava acelerado e atento — correndo, se fosse necessário. E contava, também, com aquela energia protetora que associava à minha incumbência. Durante esses passeios, tomava as decisões importantes.

E durante esses passeios eu sentia meu avô mais próximo de mim do que em qualquer outra ocasião. Até mais do que quando eu lia alguns de seus livros. Ou melhor, eu *sabia* que ele estava perto, bem perto. Porque seu olhar surgia nos cantos escuros da cidade, nas sombras sórdidas dos lugares por onde eu passava. E seus olhos ardiam na minha direção. Eu sentia o peso de seu olhar: era antigo e severo, mas era também aprovador. Não conseguia distinguir o restante do rosto ou do corpo, mas sabia que ele estava ali. E que se comunicava comigo com a mesma contundência de antes. Me transmitia energia, força. Me mandava seguir adiante.

Adiante, então, eu fui. Durante uma dessas caminhadas, resolvi que não sairia pelos arredores de casa. Não. É verdade que eu já começava a sentir aquela soberba dos que não são pegos, algo que atribuía àquele mecanismo de proteção preternatural. Mas queria prolongar meus trabalhos ao máximo, o que implicava tomar algumas precauções básicas. E uma delas foi me afastar, ainda que temporariamente, dos locais onde inaugurei meus "santos crimes".

Na noite escolhida, resolvi partir para uma área nobre da nossa cidade. Que termo cafona, "área nobre". As outras áreas são o quê, plebeias? Camponesas? Seja como for, além de me afastar dos riscos, eu pretendia comprovar que, independentemente de seus estratos sociais, as mulheres estavam sujeitas a carregar aquelas entidades bisonhas. Por isso, escolhi aportar em uma das casas mais badaladas da noite paulistana, na zona oeste. Um complexo do entretenimento noturno, com não sei quantos ambientes onde se toca música sertaneja.

Dessa vez, eu estava menos confiante no meu poder de atração. Bem menos, ainda que tivesse me arrumado e perfumado como nunca. Estava mais familiarizado com a frequência daquele lugar — era o tipo de balada a que ex-colegas de escola iriam. E me lembro bem de como eu inexistia para eles e elas. Em todo caso, eu tinha crescido um pouquinho mais. E tinha aprendido um ou outro truque que talvez pudesse usar a meu favor. Só não tinha a roupa apropriada. Então, acabei me vestindo de preto, por inteiro. No táxi, revirava mentalmente as minhas chances: concluí que eram poucas.

Quando cheguei ao lugar — uma recriação cenográfica de mau gosto de uma cidade do velho oeste norte-americano —, quase desisti. A fila cobria dois quarteirões; começava no *Saloon* e terminava na *Sheriff's house*. E quanto mais eu analisava as figuras que se enfileiravam por ali, mais meu sangue esquentava. Mais mulheres do que homens, e todos esdrúxulos, uniformizados no mesmo estilo axadrezado, cacarejando, crocitando, mugindo, grasnando, latindo, miando. A noite seria longa. E, para suportá-la, aceitei que deveria sublimar a minha raiva, transformando-a em energia realizadora.

Entrei uma hora e meia depois em um galpão imenso e lotado. Senti uma vontade desesperada (e inédita) de beber, mas tive que me segurar. Na fila, tomei duas cervejas para amolecer um pouco o meu temperamento; não passaria disso. A caça seria o meu transe naquela noite. Algo precisaria acontecer.

Não seria fácil. Ao fundo, no palco distante, dois homens de chapéu de caubói gritavam a respeito de algum celular desligado no meio da madrugada. A música ensurdecia e eu não sabia dançar. Por um ou outro momento, à irritante luz estroboscópica do local, senti o peso de alguns olhares em mim, meio desconfiados; mas eles se desviavam assim que eu os retribuía. Procurava um plano de ação enquanto caminhava devagar pela multidão dançante, observando os sujeitos que se davam bem e tentando capturar algumas de suas atitudes. Cheguei a cerca de dez metros do palco e me postei ali, bem em frente à dupla que agora se gabava de um carro importado da cor roxa. Empaquei e não me movi um centímetro sequer, vasculhando os arredores.

Os encontrões que levei foram se intensificando. Resolvi mudar de estratégia. Sou magro, mas sei defender meu território. Afastei um pouco as pernas, estiquei os braços, estufei o peito e ergui o queixo. Comecei a encarar qualquer mulher que passasse por mim, as sobrancelhas envergadas numa expressão furiosa; nenhuma foi capaz de sustentar meu olhar. Criaturas covardes. Os esbarrões dos dançarinos vieram com intensidade crescente, mas me segurei. Até que não aguentei mais, aquilo estava excessivo para mim. Comecei a distribuir violentas ombradas ao redor.

Numa delas, uma mulher veio gritando na minha direção, estapeando o ar, as feições desvairadas. Os peitos flácidos saltavam sem qualquer sincronia de sua blusa de lantejoulas enquanto ela tentava me acertar. Estava acompanhada por um sujeito grande e mal-encarado. Ele fez menção de me empurrar, mas fui mais rápido: explodi seu nariz com uma testada certeira. Segundos depois eu já tinha sido lançado no piso grudento, recebendo golpes de todos os lados, de muita gente. Consegui proteger o rosto com os braços, mas apanhei, apanhei com gosto.

Não sei por quanto tempo fiquei no chão. Tenho certeza de que os seguranças não tiveram pressa alguma para me socorrer. Em todo caso, tiveram que fazê-lo, ou seria meu fim. A música havia parado e, com uma voz séria, um dos cantores condenava a confusão. Me lembro de ter sido carregado até uma espécie de enfermaria, onde um homem de guarda-pó branco e sem paciência se ocupou dos meus ferimentos. Não precisei levar pontos, mas tinha lesões por todo o corpo. Ele me deu remédios para a dor, ainda que eu mal ligasse para ela; sentia, isso sim, um ímpeto duas vezes violento. Como se, agora, eu *merecesse* um triunfo, um grande triunfo.

Mas não naquele lugar. Eu precisaria de outra estratégia para enfrentar o que encontrei ali, e não me ocuparia disso agora. Nem seria possível, na verdade, porque um segurança enorme me levou para fora, aos empurrões, dizendo que era para eu vazar o quanto antes, porque queriam me matar. Fui regurgitado na calçada, abaixo de uma noite amena e sem estrelas.

Entrei no primeiro táxi que passou e pedi para o motorista me levar a algum lugar bem diferente dali. Pelo retrovisor, o homem perguntou se eu estava atrás de algum puteiro. Não, nada disso. Queria alguma balada, mas não aquele horror sertanejo. Ouvi um muxoxo.

No táxi, avaliei o estrago: tinham me pegado de jeito, mas sem danos significativos. Senti escoriações por quase todo o corpo e, pelo retrovisor, vi que meu rosto estava inchado aqui e ali. Pela primeira vez, senti a coisa na minha cabeça pulsar. Passei o dedo nela com certa aflição; não sabia se haviam me acertado no local, mas a verruga realmente estava maior. E doía, como boa parte do meu corpo. O certo seria ir para casa cuidar dos ferimentos, mas descartei a possibilidade. Precisava continuar o trabalho, agora mais do que nunca. E, depois daquela estranha experiência purgatória, estava me sentindo ainda mais capaz, mais audaz.

Passado algum tempo, estacionamos em frente a um galpão escuro e pulsante, no coração da Barra Funda. Era a única construção viva por ali; a vizinhança parecia toda arruinada. Escoltavam o lugar as silhuetas negras das pequenas fábricas que no passado se instalaram na região, mas que agora apodreciam ao relento, destelhadas, saqueadas, esquecidas. Talvez aguardassem a demolição, a especulação imobiliária chegaria com tudo por ali. Em todo caso, o lugar à minha frente pulsava e fez pulsar algo dentro de mim. Com dificuldade de movimentos, saí do táxi e apresentei, a uma segurança entediada, o documento de identidade falsificado que sempre levava nessas ocasiões. A mulher sequer me olhou e abriu a porta para mim.

Outra história, bem outra. A música eletrônica pesada e cadenciada, os *flashes* estroboscópicos, as imagens abstratas no telão ao fundo e os relances por todos os lados... Inspiradores. O lugar não estava cheio — a madrugada já resvalava na aurora —, mas tampouco estava vazio. Ao redor, vi fotos de rostos exaltados, ausentes, entregues, frenéticos, desesperados, desvairados. Sim, haveria trabalho a ser feito.

Me permiti tomar algo para celebrar. Eu merecia. Gin tônica, dessa vez. Enquanto esperava pelo drinque no balcão, continuei avaliando a exposição de imagens grotescas ao redor. Logo fui atraído por uma delas, a poucos metros de mim. Cada *flash* me revelou que ela dançava, ou melhor, se movia lentamente, sem dar muita atenção à música. Como se estivesse no leito de um rio lento e lodoso, e como se seu corpo obedecesse à corrente profunda. O rosto me chamou a atenção; ao contrário do corpo, não se movia. Na verdade, os olhos não se moviam. Estavam muito abertos, fixos em um ponto impreciso mais acima, pairando no ar. Logo notei que lacrimejavam; o que viam? Eu poderia imaginar... Toda a expressão daquela face acompanhava o olhar: estática — extática.

Quando notei que parecia sozinha, resolvi agir. Olhando-a sempre, caminhei em sua direção. Ao chegar, não movi um músculo. É uma habilidade que tenho, me mostrar impassível, ocultar qualquer sentimento ou emoção. Mas ela seguia absorta por aquilo que pairava um pouco acima, no ar empesteado. Toda a sua figura era um tanto ordinária, sem qualidades notáveis: compleição mediana, embora esbelta, rosto de traços um pouco grosseiros, os cabelos negros presos por um rabo de cavalo. Mas aquela expressão alucinada era tudo de que eu precisava.

Ela só pareceu despertar quando estendi o copo em sua direção, quase resvalando em seu ombro. Os *flashes* me mostraram seus olhos se movimentando pela primeira vez, se dirigindo a mim. Piscaram rápido; o rosto se contorceu numa careta sofrida, de desespero. Notei que seu maxilar se movimentava muito sutilmente, como se ela mastigasse os próprios dentes. Então, começou a chorar. Por alguns instantes eu não soube como reagir; percebi que o certo a fazer seria abraçá-la, ignorando as dores corporais que senti ao fazer isso.

Ela não se afastou quando a envolvi, e não me abraçou de volta. Apenas ficou ali, entre meus braços hesitantes, estremecendo. Ninguém se aproximou de nós. A música seguia na mesma cadência. Pouco depois, ela apoiou o rosto em meu ombro. A mandíbula continuava se movimentando. Me aproximei de seu ouvido e perguntei o que estava acontecendo.

— Quero ir embora. — A voz saiu trêmula e baixa. — Quero ir embora.

Me afastei e olhei diretamente em seus olhos. Tive que gritar para que me ouvisse.

— Posso te levar.

Ela me encarou por alguns segundos. Fez menção de acariciar o inchaço em meu rosto, mas parou. Depois voltou a olhar acima, os olhos lavados por lágrimas. Sua expressão voltou a saltar do desespero ao êxtase. Começou a rir, depois a gargalhar, enfim a gritar. Uma ou outra pessoa por perto olhou, curiosa.

Procurei interpretar aquilo como um sinal positivo, promissor. Peguei sua mão, que não se retraiu, e a puxei levemente. Seguimos pela pista rumo à saída, sem ninguém nos abordar ou impedir.

Já amanhecia e uma mortalha nevoenta escondia o sol. Entramos no primeiro dos táxis estacionados à frente do galpão, que ainda pulsava, agora mais agitado. Quando dei meu endereço, ela saiu do transe e declarou, séria:

— Passa antes na Bica de Pedra, 287. É rápido.

Tudo fez sentido: as expressões contraditórias, os olhos, o maxilar. Eu já tinha testemunhado algumas figuras em um estado parecido, durante minhas andanças pelos arredores de casa. E sabia o motivo. Pedi ao motorista que seguisse para a rua indicada por ela, na Pompeia, e depois que continuasse para o meu endereço. Mas já não tinha tanta certeza a respeito do que viria a seguir.

A parada foi rápida. De relance, a vi trocando mensagens com alguém, de modo que, ao chegarmos à Bica de Pedra, só precisou descer por alguns minutos. Era um lugar suspeito. Mas ela logo estava de volta, uma expressão satisfeita no rosto.

— Podemos ir.

Chegamos em casa pouco depois, atravessando as ruas esvaziadas pela manhã de domingo. O dia já se instalara de vez, nublado. No caminho, ela entrava e saía daquele estado transido, começando conversas que não tinham sequência alguma. Ao menos descobri seu nome: Daeva. Perguntei-lhe a origem. Ela começou a responder algo em relação à mitologia persa, mas as palavras morreram em sua boca.

Assim que abri a porta de casa, Daeva entrou agitada, perguntando pelo banheiro. Indiquei-o e ela ficou lá por um tempo considerável; ouvi algumas vezes as fungadas que já escutara antes.

Quando a porta enfim se abriu, me assustei de verdade.

Daeva tinha retocado a maquiagem, mas era como se o tivesse feito dentro de uma imensa batedeira. Os olhos eram dois globos avermelhados no meio de manchas escuras, irregulares. O blush fora espalhado sem controle, e o batom, muito vermelho, aplicado como que no susto. Os dentes um pouco encavalados estavam à mostra, mastigando uns aos outros, os cantos da mandíbula se sobressaindo. Quando ela falou, apenas seus lábios se mexeram:

— Põe uma música.

Sem tirar os olhos dela, fiquei diante do aparelho de som da sala. Não tinha ideia do que colocar. Ela serpenteou até o meu lado e procurei ficar firme, escondendo meu receio. Eu não conseguia antecipar nada naquela noite, o que aumentou minha apreensão. Mas sabia que ali dentro havia uma criatura espantosa, da qual tivera apenas vislumbres. Movido por essa convicção, tentei controlar o medo.

Percebendo minha confusão, ela tirou o celular do bolso e, com movimentos bruscos, colocou-o para tocar. Uma pulsação sintética, parecida com o que ouvíamos na boate. Depois se jogou no sofá e, com outro movimento ríspido, agarrou meu pescoço e me beijou. Seus movimentos eram impetuosos. Acabei por me deixar levar, aquilo não estava de todo ruim. Daeva enfiava uma língua exaltada na minha boca, sem deixar espaço para que eu fizesse o mesmo. De repente, me afastou empurrando minhas faces, que latejaram de dor; e me encarou por alguns segundos, os olhos rubros bem abertos. Então desatou a rir — a gargalhar.

Evitei encará-la de volta, olhando para baixo. Admito, estava receoso. Meu movimento parece ter dado alguma ideia para Daeva, porque, com um espasmo, ela se esticou e me empurrou para baixo, na direção de sua cintura, indiferente à dor que me causava ao me apertar bem no local de uma lesão. Assim que o fez, ela tirou a saia curta. A partir daí, permitiu que eu continuasse.

Sugeri que fôssemos para o quarto.

— Não, aqui tá bom.

Não tive saída a não ser continuar; pensaria depois no que fazer. Baixei sua meia-calça escura e a calcinha preta de renda, e comecei a beijar suavemente seu ventre. Não estava muito acostumado àquilo; tinha uma vaga ideia do que fazer, mas precisaria de algumas ordens — que não demoraram a vir. Impaciente, ela empurrou minha cabeça de novo, e comecei a beijar sua virilha. Passei a língua acima de sua buceta, devagar, um pouco hesitante.

— Cacete, cai de boca!

Olhei para cima e ela me encarava, séria. A imposição me excitou. Isso e o cheiro levemente azedo que emanava dela. Daeva, então, voltou a me pilotar com as mãos e com breves comandos de voz: fez com que minha língua circundasse seus pequenos lábios, descesse até o períneo, para enfim se deter no clitóris, enquanto minhas mãos empurravam suas coxas para trás. Eu abria bem a boca para encaixá-la naquela anatomia quente e viscosa, a caminho de se liquefazer.

Sempre controlado por Daeva, repeti esses movimentos cada vez mais rápido. E procurava me manter atento a ela, que começara murmurando e agora gemia, gemia bem alto. Sua cabeça estava inclinada para trás do encosto do sofá, eu não conseguia vê-la. Mas seu corpo já estremecia. Percebi que devia agir o quanto antes, embora não soubesse como. Lá de longe, sua voz soou grave.

— Não é assim que eu quero gozar.

Com outro movimento repentino, ela se ergueu e, colocando um dos pés descalços no meu peito, me forçou para trás. Antes que eu me deitasse, Daeva já estava tirando minhas calças e a cueca. Quando encostei no sofá, meu pau amolecido já estava dentro de sua boca. Ela me engoliu sem tirar os olhos rubros de mim. Com a mão livre, começou a se masturbar. E tudo aquilo acabou me excitando, mais do que eu imaginaria ou gostaria.

Ainda assim, me esforcei para olhar ao redor: ao alcance do meu braço direito havia uma luminária de porcelana. Eu não conseguiria convencê-la a ir até o quarto, onde estavam os meus utensílios. Então aquele objeto deveria servir de algum jeito, caso fosse necessário. E logo vi que seria. Ela me chupava com força, gemendo, voltando a estremecer. Mantinha os olhos fixos em mim, atenta a qualquer movimento meu, abanando os cílios longos, mas sem piscar realmente. Monitorava minhas reações ao seu boquete frenético, a cabeça subindo e descendo cada vez mais rápido, a mão direita melada escoltando os lábios, a esquerda escondida entre as pernas. Notei um desafio em seu olhar; sim, vinha vindo. Resistir estava cada vez mais difícil. Percebi que eu estava sucumbindo — até sucumbir de vez.

Foi rápido demais. De um segundo para o outro, eu jorrava na boca de Daeva, enquanto urrava de prazer e de raiva. Aquilo disparou o próprio clímax dela, que começou a gritar alto, num tom gutural de triunfo, os olhos rubros se revirando, a mão me apertando. No momento que senti seus dentes se fechando ao redor da minha glande, agi.

Num arco veloz, peguei a luminária e a espatifei contra a cabeça da mulher, que mordeu levemente meu pau antes de tombar no chão. Lá ela desatou a rir, agora com escárnio. Era o que eu precisava. Me levantei, o pau gotejando. Com outro movimento rápido, peguei um caco de porcelana e cravei em sua garganta, escavando ali uma, duas, três vezes, até a risada se afogar em um poço gorgolejante.

Daeva se calou, mas sua boca continuou abrindo e fechando, abrindo e fechando. Em seus olhos, as íris fugiram uma da outra em direções opostas, como se vítimas de um derrame. Do grande talho na garganta, o sangue jorrou no ar, ao ritmo da música que ainda soava no celular. Sangue misturado a algo mais, logo vi; algo viscoso, de um tom branco encardido. Desviei o olhar. Era a prova de minha fraqueza, que poderia ter me levado ao fracasso.

Com esse pensamento veio a consciência da dor. Daeva havia parado de estertorar. Desviei o olhar do cadáver para o meu pau, que examinei: estava sangrando um pouco, mas o estrago não fora grande. Havia um pequeno talho logo abaixo da glande. Fui até o banheiro para tratar do ferimento e para colocar a cabeça em ordem.

Tudo aquilo fora intenso demais, descontrolado demais. Toda a noite. Tinha sido por muito pouco. Meus pensamentos estavam acelerados, indo do orgulho à repreensão pelo descuido. Passei quase uma hora sentado no tampo da privada, esparadrapo na mão, mirando o vazio. Dali, me lembro bem, eu conseguia ver os pés da mulher; vi também a mancha rubra avançando pelo assoalho, e suspirei. Eu me sentia exausto, mas ainda tinha muito trabalho a fazer.

Aqui, creio que você já conheça os procedimentos. Cortar, serrar, destrinchar, acondicionar, amarrar. Então: limpar, limpar tudo obsessivamente. No momento oportuno, transportar os sacos, pouco a pouco, até o local apropriado. Nada de novo, certo? Com a diferença que daquela vez eu tive muito mais trabalho. O ato não havia ocorrido no lugar planejado e a quantidade de sangue derramado foi muito, muito maior; estava por todos os lados. Passei o dia inteiro e parte da noite cuidando da bagunça, esfregando o porcelanato claro do piso e os móveis, cobrindo-os onde as manchas não saíam, recolhendo os cacos e os detritos da luminária. Menciono isso porque, daquela vez, depois de uma noite muito intensa e de um dia exaustivo, eu estava não apenas esgotado, mas doente. Uma gripe avassaladora. A imunidade, claro, cobrava o preço pela minha jornada.

Apresento esses detalhes porque foram importantes para o que veio depois. Fiquei vários dias acamado, boa parte deles febril. Foram tempos medonhos. Se você me perguntasse, eu diria que a coisa toda voltou a me perturbar, e não pouco. Convenhamos, mesmo para alguém cujo coração fora sempre árido, aquela missão não era um passeio no parque. Tratava-se, isso sim, de um trabalho que, apesar de urgente, era imundo, e minha consciência por vezes abandonava o nosso pacto para me lembrar disso, levando a voz comandante junto. Eram momentos de intensa luta interior, quase sempre à noite, e que me causaram danos até hoje profundos: madrugadas em claro durante as quais, ensopado e delirante, eu era visitado não pelos espectros daquelas mulheres, mas por partes apodrecidas de seus corpos. Me lembro das inúmeras vezes em que acordei, ou ao menos acreditava ter acordado, com a sensação de que algo havia me tocado. Ainda sonolento, mas com o coração saltando alucinado, olhava em volta. E por um relance via uma cabeça de costas, uma cabeleira gordurenta e desalinhada flutuando na escuridão, iluminada apenas por uma espécie de chama azulada interior. Via-a se aproximando de mim, se virando no exato momento em que "atravessava" o meu rosto.

Me lembro também de acordar excitado, com o pau duro e dolorido, como se sofresse de priapismo por várias horas. Isso acontecia depois de sonhos em que mãos cujos braços eu não conseguia distinguir — e sempre mais de duas — se ocupavam de meu membro e dos colhões, submetendo-os a uma espécie de tortura relaxante, massageando por vezes, puxando, retorcendo e apertando violentamente por outras.

E mais uma lembrança: o lado direito da minha cabeça a latejar. Em meio ao delírio daqueles dias, vez ou outra eu passava os dedos por ali, e a verruga havia crescido. Mesmo confuso, percebi que aquilo ganhava volume e pouco a pouco se espalhava pelo meu couro, se dividindo entre o que pareciam orifícios menores. Em dado momento, rastejei até o espelho e, diante dele, afastei os cabelos. Só consegui ver a vermelhidão, mal podendo tocá-la, mal podendo apertar a textura esponjosa e úmida. Mas essa dor não era contínua e em algum momento consegui enfim repousar.

De toda forma, se conto isso, é para que você tenha certeza de que não saí por aí fazendo o que fiz sem pagar um tributo moral pesado. Apesar de tudo em que eu acreditava, ainda vivia numa sociedade cínica o bastante para se orgulhar de costumes e valores "elevados" — por mais frouxos que na verdade fossem. E ainda que buscasse a todo custo me afastar desses padrões para conseguir desenvolver meu trabalho em paz, essa era uma paz desconfiada e frágil, atacada com frequência pela traidora que se tornou a minha consciência. Eu sofria, sofria muito com as acusações que — à revelia de Maldoror, dos "testemunhos elogiosos" e de minhas convicções religiosas — partiam daquela maldita zona mental há tanto tempo impregnada por modelos que todo o meu resto desprezava, e da qual passei a desejar me livrar a qualquer custo. Como eu percebia que os ataques e as acusações só se tornavam piores, estava cada vez mais angustiado.

Até que, durante uma madrugada em que caminhava para me afastar dos meus espectros, a visão de outros espectros, dos farrapos humanos se movendo ausentes pelas ruas e vociferando sozinhos, me deu uma ideia. Ela foi reforçada pelo olhar afirmativo de meu avô — sim, eu já ia além de senti-lo; começava a vê-lo, e o via com frequência cada vez maior nas sombras da cidade. A ideia se reforçou também pela memória recente do demônio em meu apartamento, e se resumia ao seguinte: já que eu sentia urgência em continuar a obra e não poderia cauterizar a minha consciência, iria pelo menos distraí-la. Ou melhor, narcotizá-la.

Acredite, não foi muito difícil executar esse plano. Eu já havia estabelecido alguma familiaridade com certas criaturas sorrateiras da minha região, e foi uma delas que procurei para resolver meu caso. Era o garçom magro do bar em que topei com a penúltima garota, Rocaya. Encontrei-o trabalhando sozinho, no começo de uma noite em que o local ainda estava vazio, e ele me olhou desconfiado. Logo depois me reconheceu e adivinhou meu interesse, me perguntando o que queria.

Fiz um pouco de pesquisa sobre o assunto e me pareceu que o LSD serviria. Diziam que a droga estimulava os sentidos e, assim, poderia "desviar" a vigilância consciente. Pedi ao rapaz cinco unidades do ácido, e ele disse que as teria, mas que só poderia entregá-las dali a alguns dias. Disse o preço também, que eu podia encarar graças à economia de minha vida franciscana.

Pouco depois, já com o material, minha ideia era ingerir quantidades mínimas antes de momentos críticos, ou quando pressentisse que esses momentos chegariam. Não funcionou muito bem. Com a exceção de algumas leves oscilações nas luzes e suaves vibrações nas cores, os pedacinhos — por volta de um quarto do quadrado minúsculo de papel — que, seguindo instruções, coloquei sob a língua, passaram despercebidos pelo meu sistema nervoso. Para me distrair do flagelo de minha consciência, eu teria que aumentar as doses.

Tentei um pouco menos do que a metade, ingerida algumas noites depois em meu apartamento. Teve efeito mais evidente, mas ainda assim insatisfatório. Buscava algo além da audição aguçada, das superfícies se encolhendo, dos halos tremulantes. Porque, apesar de tudo isso, ainda me sentia alerta — e vulnerável.

Ah, se eu soubesse que o próprio antídoto se transformaria no veneno... Hoje tenho consciência (sempre ela) de que essa busca desencadeou a minha ruína. Engolir cartelas inteiras de dietilamida pode ter resolvido a questão em um primeiro momento, mas, como é evidente pelo meu estado atual, foi a pior decisão possível no longo prazo. Porque foi durante uma daquelas noites cheias de ruídos e *flashes* que conheci a criatura noturna, lunar e vingativa; a *satani irae* encarnada que se ocupou de me arrastar até as profundezas de onde saiu.

Ela não estava lá na primeira, nem na segunda, na terceira ou nas inúmeras noites seguintes em que saí caminhando sem rumo pela cidade para, com a substância já circulando pelas veias, absorver os estímulos de maneira mais livre e intensa. Eram noites delirantes em que minha mente se ocupava apenas de se deslocar no éter pastoso do entorpecimento. Nos lugares por onde andava, eu era capaz de enxergar as engrenagens do mundo atrás do mundo, as intenções por trás dos gestos corriqueiros, as vontades escondidas nos olhares acesos, o movimento fracionado de seus braços e pernas, que deixavam rastros no ar. Conseguia intuir para onde iam e de onde vinham, adivinhar quais seriam seus destinos e como terminariam suas noites. Mesmo distante, eu era capaz de ouvir suas vozes — ora sussurradas, ora amplificadas — a se destacarem naquele emaranhado em que o farfalhar das poucas árvores, a música moribunda dos bares, os brindes, as interjeições bêbadas, os latidos de cães vadios e tantos outros rumores noturnos se confundiam; a cama sonora onde se deitava o corpo intrincado de luzes e expressões. E daquele corpo eu também extrairia a podridão.

Nos poucos momentos em que voltava a mim, me sentia aliviado e livre, por um lado; mas por outro me desviava de meus propósitos. Havia recorrido a esse expediente para adormecer minha consciência e continuar trabalhando sem maiores contratempos; mas o entorpecimento me impedia de manter o foco. Ainda assim, o ácido teve outro efeito benévolo: atenuou as dores causadas pelo caroço em meu couro cabeludo. Na verdade, a coisa já havia evoluído a uma espécie de furúnculo, ocupando quase toda a lateral da minha cabeça, e o incômodo tinha se tornado quase ininterrupto. Eu sabia que tinha que procurar ajuda, mas ir a um médico poderia ser arriscado demais. Passei a recorrer a analgésicos, que surtiam pouco efeito; mas o LSD me desviou também disso.

Foi só depois de vários experimentos com a droga, promovendo uma espécie de ritual, ou um treino, no qual mentalizava um objetivo qualquer antes de ingerir o pedacinho de papel, e recrutava todos os meus esforços mentais de modo a mantê-lo sempre claro e à vista, que passei a sentir a firmeza necessária para, com a consciência suspensa naquele desvario cósmico, seguir adiante. Para fazer o que deveria ser feito.

Chegamos, então, à noite das noites. Peço só mais um pouco de sua paciência, que tem sido tão preciosa, tão vital para mim. Eu queria colocar tudo isso para fora fazia tempo, e o ponto final já está logo ali embaixo. Aliás, o meu próprio final também já está aí por perto. Minhas forças diminuem, minha carne se arruína, minha voz se extingue a cada despertar nas madrugadas de nenhum sono, minha respiração me falha... E aquela consciência, a mesma que um dia eu quis calar, agora berra, e continuará berrando até soar a última batida de meu coração. Sempre vai me lembrar de que eu não estava e jamais estarei à altura daquilo que pretendia realizar. Vai esfregar o fracasso em meu rosto, vai aniquilar minha sanidade e fazer com que a risada das gêmeas ecoe para sempre o ribombar da minha queda.

No entanto, voltemos àquela noite. Sim, a sexta-feira em que, depois dos rituais de que já falei, saí derretendo pelas ruas, agora com um alvo na medida do possível claro diante de mim. A noite em que, lá pelas tantas, enquanto eu desviava da multidão que infestava as calçadas, evitando expressões faciais que mexeriam comigo de uma forma perigosa, eu a vi de relance, recortada pelas silhuetas negras que cruzavam o espaço entre nós.

Ela me olhava fixamente. Sim, antes mesmo que eu a visse. Foi curioso como, em um primeiro momento, só consegui prestar atenção naquele olhar. Como se ela fosse apenas dois olhos, e dois olhos ferinos, predatórios, cintilantes. Dois focos de luz acastanhada que pareciam existir só para mim, que não se desviavam do meu rosto, nem piscavam. Eu disse que eram pesados? Sim, foi um olhar de toneladas que desabou em mim desde o primeiro momento em que cruzei com ela. Talvez fosse o efeito da droga, mas eu podia sentir a substância de que aquele olhar era feito, podia tocá-la e carregá-la — mas não por muito tempo. Tentei sustentá-lo por alguns instantes, prostrado, sofrendo trombadas dos passantes, mas logo tive que desviar. E mesmo assim o percebia em mim como uma enorme mão escura que se fechava sobre meu rosto.

De alguma forma, recuperei a lucidez e voltei para aquela movimentada calçada e para meus propósitos maiores. Mas o olhar havia me intimidado. Não posso negar que havia metido medo em mim, que havia me revirado. Em uma palavra, foi como se eu me sentisse a própria caça em vez do caçador; e isso consolidou a certeza de que tinha que seguir em frente. Inspirando e expirando o ar viciado, estremecendo por dentro, resolvi ir até lá.

Enquanto caminhava, notei que ela continuava me encarando, e que sorriu diante da minha aproximação. Então, vi a figura por completo. Estava na entrada de um daqueles bares decadentes, de pé, apoiada à parede. Tinha entre os dedos um cigarro que levava e trazia da boca em movimentos espasmódicos; mas não bebia. Era muito magra; pálida e abatida. Ao redor daquele olhar castanho, que agora parecia cintilar de triunfo, havia olheiras cinzentas. O rosto era cheio de ângulos, as maçãs pontudas avançando sobre bochechas coladas à arcada dentária e terminando em maxilares também pontudos. O nariz já devia ter sido delicado, mas agora era torto, indicando que algum dia havia sido quebrado. A boca, grande e até bem desenhada; mas os lábios antes carnudos pareciam ressequidos. E estavam cheios de feridas. O corpo, coberto por jeans e uma blusa largos demais, também era franzino.

A verdade é que, com a exceção dos olhos, aquela era uma criatura que um dia chegara perto de ser bonita, mas agora estava derrotada.

Este é o pior castigo que existe, o longo caminho entre a ruína e a morte. Morrer e permanecer vivo, uma punição capital; sei muito bem disso agora. Acrescentaria que pior ainda é, tendo morrido, permanecermos vivos sem ter com o que nos entreter até a morte derradeira. Aquela mulher estava assim, morta fazia tempo. Como tantas outras que tropeçavam por ali. Mas naqueles olhos... neles havia algo bem vivo e sardônico, que sem dúvida tirava proveito daquela condição. Havia ameaça, ameaça e desafio, aos quais não fui capaz de ficar indiferente.

Me aproximei. A despeito da minha dificuldade de organizar o raciocínio, a conversa fluiu com alguma naturalidade. Na medida do possível, Alisson — assim se chamava — era articulada e dona de uma presença de espírito aguda, se expressando numa voz grave e áspera que, em um primeiro momento, chamou minha atenção.

— Culpa do cigarro — disse, notando meu desconcerto. Depois, pigarreou para confirmar.

Alisson falava muito e era cheia de cacoetes. Piscava com um olho de cada vez, levava o cigarro à boca sem fumá-lo e esfregava as mãos de modo um tanto expectante, o que me deixou aflito. Minhas pupilas dilatadas e minha fala trôpega logo denunciaram que eu estava sob fortes efeitos. E quando meu discurso enveredou por caminhos obscuros, ela riu, o que revelou dentes amarelados e irregulares — decidi evitar fazê-la sorrir. Eu fugia daqueles olhos que continuavam a me investigar, e cujas córneas — percebi num relance — vibravam rápidas da esquerda para a direita, como as de uma pessoa albina.

Em certo momento, Alisson me perguntou se eu não tinha comigo alguma substância para que também pudesse se divertir. Respondi que sim, mas não ali; teríamos que ir até a minha casa. Ela não se importava, então partimos. Quero dizer, ela partiu em disparada enquanto eu fui atrás, gritando orientações pelo caminho. Chegamos em poucos minutos, a garota ansiosa e eu prevendo que não seria fácil conduzir aquela criatura, bastante alerta, rumo ao êxtase revelador. Cogitei que o ácido poderia me ajudar.

Subimos. Ao chegarmos, acomodei-a no sofá e fui buscar uma cartela. Quando voltei, Alisson arrancou o pedacinho de papel da minha mão e o ingeriu com espantosa agilidade. Quanto a mim, percebia que o mundo ao redor voltava ao lugar — os efeitos do LSD perdiam força. Em boa hora, porque precisaria da totalidade das minhas faculdades se quisesse obter algum resultado daquela bagunça. Mas ainda me sentia um pouco aéreo quando, depois de outra meia hora de conversa, a cerquei com o braço direito, fechei os olhos e tomei coragem para buscar, com a minha boca, a dela. A seca, purulenta e maltratada boca dela.

Foi um beijo acanhado no início, mas não depois. Quebrada a rebentação, Alisson abriu a grande boca e eu correspondi, o asco atenuado pelo barato. Nossas línguas duelaram. Ou, ainda, a minha aparava as investidas dela, sentindo as superfícies rachadas de onde, às vezes, escapava um pedacinho de alimento que resistira à digestão. As mãos dela se moviam afoitas em círculos pelas minhas costas, apertando-as por instantes, depois descendo até os limites da minha bunda e voltando a circular com velocidade ansiosa.

Eu me perdia nesses pequenos detalhes, mais me divertindo do que excitado, até que abri os olhos e dei um sobressalto para trás: enquanto me beijava, Alisson me encarava, arregalada. Suas pupilas estavam dilatadas, escurecendo a íris, e aquilo me apavorou de verdade. Para piorar, quando me afastei, ela permaneceu com a boca aberta e a língua a se movimentar devagar, numa inércia sinistra. Só que dessa vez não teve risadinha nenhuma; ela apenas parou e, sem jamais tirar os olhos dos meus, começou a se despir.

Primeiro tirou a blusa; expôs um corpo frágil, pálido e ossudo. E eu não estava preparado para aquela constelação de pequenas feridas e manchas em sua pele; elas se espalhavam por todo o tronco, barriga e braços, onde, na parte interna dos dois cotovelos, se transformavam em grandes círculos escuros. Alisson era um pedaço de céu leitoso cheio de estrelas avermelhadas.

Fiquei confuso, e claro que ela percebeu. Sem hesitar, avançou para me beijar de novo, enquanto se livrava do sutiã puído. Não havia tirado as calças. Logo senti os cutucões carnosos e mornos dos mamilos, coroas de seios minúsculos, à medida que passeava minhas mãos pela superfície com obstáculos que era aquela pele quase transparente. Pouco depois, beijando-a, envolvido por aquela névoa de algum desejo e delírio, comecei a me despir também, endurecendo conforme Alisson me esfregava. Com a ajuda afobada dela, tirei minha camiseta e minhas calças. E, quando ela fez o mesmo, sugeri que fôssemos para a cama.

Fui na frente trazendo-a pelas mãos. No curto trajeto, ela seguiu me encarando com uma gravidade assustadora. Talvez estivesse viajando, mas nada em seu rosto de esfinge indicava isso. Com a exceção do piso laminado rangendo sob nossos passos, o silêncio era absoluto.

Quando entramos no quarto, Alisson apagou a luz do corredor e me impediu de acender o abajur. O luar baço, escorrendo pela pequena fresta na janela, era a única luz por ali. Rebatiam-na os olhos dela, que se tornaram fendas sempre entreabertas, lançando chispas de alguma substância desconhecida para o fundo dos meus olhos.

Quanto a mim, o barato havia voltado com força. Confesso que não estava gostando nem um pouco daquilo tudo, daquele silêncio, daquelas fendas que balançavam devagar no escuro enquanto as mãos percorriam meu corpo numa velocidade oposta. As impressões estavam me consumindo e resolvi agir para reassumir o controle: fiz ela se sentar na cama e, forçando-a a se apoiar nos cotovelos, comecei a beijar seu pescoço. Alisson não emitia ruído algum; apenas apertava minhas costas com uma força cuja intensidade era proporcional à dos meus beijos.

Fui descendo, beijando seus mamilos duros e levemente salgados. Depois, as costelas salientes, tocando o relevo das feridas com a língua e os lábios, e então a barriga, sentindo o contorno dos órgãos internos, tamanha a magreza e a finura da pele. Quando cheguei à parte interna das coxas, ela me apertou. Algo parecia despertar; na medida do possível, tentei ficar alerta. Gemi com a dor daquele apertão, e, quando perguntei se não estava gostoso, ela respondeu com um firme gesto das mãos, que levaram minha cabeça à encruzilhada.

Tirei sua calcinha e comecei a lambê-la, áspera e já úmida. Suavemente, depois com mais vigor e, por fim, com uma voracidade que quase a levou a arrancar meus cabelos. Chupá-la me levou ao ápice da contradição, porque, enquanto eu me excitava ao explorar as paredes elásticas dela, as pequenas feridas que também ali estavam me causavam repulsa na mesma medida. E quando eu erguia meus olhos, via, atrás das pequenas silhuetas escuras dos seios, aquelas duas chamas esbranquiçadas fixas em mim, enquanto as mãos me obrigavam a voltar ao trabalho.

A pressão cada vez maior dos dedos dela indicou que, se eu continuasse, a criatura acabaria por vir à tona. Naquela posição, eu seria incapaz de agir quando o momento chegasse. Então me desloquei para cima, vencendo a vontade daquelas mãos que me forçavam para baixo, e voltei a beijar o pescoço de Alisson. Ela baixou minha cueca, enfiou três dedos na boca para molhá-los e com eles começou a massagear meu pau, com uma ansiedade cardíaca. Minha sensibilidade estava amplificada pelo ácido, então você pode imaginar como aquilo era bom. Também lubrifiquei o indicador e o dedo médio e passei a abri-los e fechá-los rapidamente lá embaixo, friccionando-a.

Alisson continuava em silêncio. Eu desistira de conferir se aqueles olhos macabros permaneciam abertos. De súbito, as pernas magras dela se abriram o máximo que puderam e, sempre com velocidade espantosa, ela me enterrou fundo na fresta pegajosa. Naquele instante, confesso, por pouco não me perdi. Ou melhor, achava que não tivesse me perdido, porque, como você deve notar agora, é óbvio que me enganei. Mas, naquele momento, voltei a desfrutar da sensação de plenitude e onipotência. Por alguns instantes, me deixei levar.

Ela também se deixou. Porque foi então que Alisson emitiu o primeiro som em muito tempo, um gemido rasgado e assustado, seguido por um sobressalto. Depois, retraiu-se levemente, e pude ver que seus olhos estavam fechados. Aquilo me encheu de coragem. Penetrando-a sempre, empurrei-a mais para trás, de forma a entrar eu também na cama, uma vez que estava de pé. Ela voltou a se abrir e cravou as unhas na minha bunda, impelindo-me mais e mais para dentro, agora aos gemidos entrecortados. Eu tentava, a cada novo recuo e a cada novo avanço, ganhar alguns milímetros que fossem para amplificar os suspiros, golpeando com força crescente, as mãos nos ombros de Alisson para trazer seu saquinho de ossos e vísceras mais perto de mim. Pois ali dentro havia algo que eu deveria encontrar e depois extinguir. Algo que a estava devorando e em breve a exterminaria para sempre.

Continuei cada vez mais rápido, num crescendo que se tornava perigoso à medida que me aproximava do clímax. Mas ela mesma se ocupou de me tirar dessa rota traiçoeira ao me deslocar para o lado, para montar em mim. Antes eu tivesse evitado isso, porque foi quando as coisas começaram a desandar. Não que estivesse desagradável, nada disso; ceder o controle foi tão bom quanto assumi-lo. Me deixar cavalgar por planícies cósmicas, servir de transporte para destinos vertiginosos, justificar a existência pelo mero prazer que começa e termina em si próprio, tudo aquilo me fascinava. E, enquanto os olhos dela continuassem fechados, eu poderia me concentrar apenas na profusão de sensações potencializadas pela droga.

Assim seguíamos, ela ardendo bem distante dali, enfim expulsando gemidos agudos junto ao ar dos pulmões, cada vez mais trêmula; e eu me dedicando a vasculhá-la, reunindo todas as minhas forças na busca. A julgar pelo ritmo de seus arquejos, eu estava no caminho certo, apesar de tudo.

Com o intuito de me acomodar melhor, me arrastei bem devagar para a esquerda, levando-a encravada em mim. Então, passei a buscar embaixo do colchão, com a mão direita, a grande faca que tão bem me servira antes. Mas eu ainda não tinha certeza. Ou melhor, eu a havia perdido. Algo no olhar de Alisson me distraíra... Em todo caso, ela continuava com as pálpebras cerradas, se movimentando cada vez mais rápido. Fui adiante. Encontrei o objeto; toquei primeiro a lâmina, e depois o cabo. Quando o agarrei, Alisson já estava gemendo alto, o corpo vibrando por inteiro. Eu não conseguia ver direito o seu rosto, mas sentia o hálito quente e adoecido me atingindo em cheio.

A hora havia chegado.

Minha mão se aproximava com a faca quando ela se deteve. Parou de se movimentar e de gemer, e isso me apavorou. Depois de poucos segundos de silêncio, abriu aquelas fendas aterradoras. Então se inclinou sobre mim para posicionar o rosto a poucos centímetros do meu e, com uma voz críptica, disse:

— Você faz algo por mim, eu faço algo por você.

A mão direita dela se fechou sobre a minha com a faca. Num último e rapidíssimo movimento, Alisson talhou a própria jugular.

O sangue começou a esguichar. Ela despejou grunhidos espumosos antes de tombar em cima de mim. O pescoço lacerado vazou o líquido espesso direto na minha boca. Atônito, demorei um tanto para entender o que acontecera, para tirar aquele peso de cima de mim e cuspir o sangue que vinha em uma torrente. Me levantei e acendi a luz do quarto. O brilho me cegou por um instante.

Alisson estertorava. Aa adrenalina se impôs diante de qualquer outra sensação. Eu não só não antecipara nada daquela noite, como me conectara a ela de uma forma que não consegui controlar ou mensurar. Tentei reanimá-la, tentei conter o sangue que ainda jorrava forte, mas sem sucesso.

Acomodei sua cabeça em meu colo e acompanhei a cor desaparecendo de suas feições, nas quais notei uma expressão de alívio. Os olhos foram se ressecando e piscavam cada vez mais lentamente, a boca se movia de modo quase imperceptível, os lábios exangues, mas eu não conseguia ouvir nada. Até que mesmo esses movimentos cessaram, e o olhar de Alisson se perdeu no vazio.

Não consegui me conter e chorei. Como nunca tinha chorado antes. Não apenas pela morte da moça a quem, eu soube naquele momento, eu me afeiçoara, mas pela condição em que eu e o mundo nos encontrávamos. Sim, agora eu me deparava com o fracasso e a droga aprofundava meu sentimento. Agora eu percebia a insignificância do meu trabalho. Eu não conseguiria seguir adiante, e essa certeza me devastou. Fora tudo, tudo em vão. Sem saber direito o que fazer, apaguei as luzes e permaneci deitado na cama, aninhando o cadáver de Alisson, acariciando seu rosto que esfriava. Eu queria algum alívio, também; merecia alguma paz de espírito antes de enfrentar o que, eu sabia, viria pela frente.

Não deu tempo. Pouco depois, algo se manifestou no lado mais escuro do quarto, onde o luar não alcançava. Pressenti, antes de ouvir.

Tampouco vi seus olhos, mas não foi necessário. Ele estava ali, mais presente do que em qualquer outro momento anterior. Eu o sabia porque o ar se adensou, porque as vibrações energéticas, se é que você me entende, diminuíram. A atmosfera pesou. Sim, ele era capaz disso.

Naquele momento, não captei nenhuma aprovação ou estímulo. É claro: o velho havia vindo não sei de onde para acabar de vez comigo. Procurei-o com os olhos, tentando me explicar, mas foi inútil. Fitando o escuro, percebi seu desprezo, o mais profundo desprezo, que logo escalou rumo ao ódio. Então o senti se aproximando e, me livrando do corpo de Alisson, me lancei para trás, para perto da janela, onde fiquei encolhido.

Meu desespero deu lugar ao horror. Fechei os olhos com força — mas meu avô também estava ali, no verso das minhas pálpebras. Estava em todo lugar. Imenso, antigo, malévolo. Sua presença me questionava, me cobrava e me intimidava, e eu era incapaz de me justificar. Havia fracassado, isso era tudo. Só me restava confessar, o que acabei fazendo, surpreendendo-me com a intensidade do meu próprio lamento.

Naquele mesmo instante, a dor no lado direito da cabeça explodiu. Eu mal conseguia tocar o local, que parecia mais inflamado e pustulento do que nunca. Senti a presença de meu avô se tornar difusa, depois desconhecida, estranha. Não o reconheci mais ali; aos poucos, a escuridão à minha frente se reorganizou na forma de memórias, memórias vívidas, mas que não pareciam minhas; alucinações, talvez. A dor diminuiu um pouco. Vi as minhas irmãs gêmeas muito pequenas cuidando de um bebê recém-nascido, sob a atenta supervisão de minha mãe. Era eu. A atmosfera de amor e ternura daquela cena me chocou. Como seria possível?

De repente, uma sombra tênue se projetou ali, e as três olharam para cima. Minha mãe me pegou no colo e seu rosto se contorceu numa careta apavorada. Minhas irmãs começaram a chorar. A sombra avançou um pouco mais, em silêncio. Meu avô? Eu não saberia dizer. Não ouvi som algum, mas sabia que minha mãe estava berrando, desvairada, escondendo-me com os braços. A sombra avançou de novo; e ela pareceu não ter saída a não ser estender seu bebê — me estender — na direção daquilo.

Me senti confuso, depois estarrecido. O que eu testemunhava? O que havia sido feito de mim? Eu tinha sido carregado dali. A imagem das três se desfez e em seu lugar surgiram os contornos borrados de uma imensa planície. Um deserto. Um oceano amarelado, sob um fulminante céu azul, sem uma nuvem sequer. Eu não fazia ideia de onde estava, mas sabia que aquela era uma paisagem antiquíssima. Logo notei algo a uma distância tremenda: uma breve linha amolecida pelo calor do deserto, próxima ao horizonte em que areia e céu se fundiam. Percebi ser um grupo de pessoas caminhando em fila.

Aos poucos, se aproximaram. Eram tuaregues ou algo do tipo, os corpos e as cabeças cobertos por panos escuros. Conforme chegavam mais perto, vi que traziam prisioneiros: figuras que pareciam nuas, amarradas umas às outras, caminhando trôpegas, exaustas. O grupo, então, se aproximou a ponto de eu conseguir distinguir alguns detalhes. Notei serem, na verdade, *prisioneiras*: mulheres despidas, os corpos devastados pelas intempéries da caminhada e do deserto. Algumas haviam tombado e pareciam mortas ou desmaiadas, sendo arrastadas a muito custo pelas remanescentes.

A longa fileira se aproximou até que eu fosse capaz de distinguir, em meio a um imenso turbante negro, os olhos daquele que encabeçava o grupo. O líder. Meu coração disparou: pareciam os olhos de meu avô. Então o homem afastou o pano que encobria seu rosto e não tive mais dúvidas. Meu avô, muito mais jovem. Séculos e séculos mais jovem. Como podia? Ele olhava para mim, da mesma forma que o fazia quando velho.

À distância, ouvi um grito agudo, sofrido. Meu avô ergueu o braço esquerdo e, naquela mesma voz trovejante, porém sem as ranhuras da velhice, gritou algo numa língua que não reconheci. Uma ordem. Ao fundo, vi outro homem envolto por panos escuros se destacar da fila e agarrar uma das prisioneiras, depois cortar suas amarras com uma espécie de cimitarra. Com a ajuda de um segundo tuaregue, arrastou a mulher até o começo da fila, lançando-a com violência no chão, à frente de meu avô.

Ela estava grávida e começava a parir. Urrava de dor enquanto era observada com frieza por todos ao redor. Eu não era capaz de me mover ou de dizer qualquer coisa. A mulher se contorcia na areia, dobrando e esticando as pernas abertas. Então disparou um grito nem um pouco humano; um urro. A dilatação se completava e o bebê coroou. Um dos homens se agachou para retirá-lo. Puxando-o sem cuidado algum, cortou o cordão umbilical. Eu só conseguia observar.

Era uma menina. O homem, segurando-a pelos pés, ergueu-a e a estendeu à frente de meu avô. Este tomou alguma distância e, com um movimento ágil, decepou a pequena cabeça com uma cimitarra, lançando um minúsculo jorro de sangue na tela branca do deserto. A mãe sequer teve tempo de reagir. O homem que a levara até ali se encarregou de decapitá-la com um arco igualmente habilidoso.

Olhei de volta para meu avô. Seus lábios se moveram lentamente. Ele proferiu algumas palavras naquela língua morta, incompreensível. Mas de alguma maneira fui capaz de compreendê-lo:

— Extinção absoluta. Pela origem.

Então, deu um passo para trás e abriu o braço com a cimitarra sangrenta à minha frente. Quando desferiu o golpe na minha direção, a imagem cintilou e me vi de novo no quarto, na noite fatal.

Pisquei várias vezes, tonto. Extinção pela origem? O que significava aquilo? Não sentia mais a presença de meu avô ao redor, e não conseguiria descobrir sozinho. Quando meus olhos se acostumaram às trevas, distingui o cadáver de Alisson na cama. Estava de costas e, mesmo no escuro, eu o percebia mais translúcido do que antes, a mancha negra embaixo da cabeça avançando no território branco dos lençóis. O furúnculo em minha cabeça parecia prestes a explodir.

Impelido por alguma urgência desconhecida, corri até o banheiro para me lavar e para examiná-lo; mas a dor era intensa demais, não conseguia tocar a região. Passei a esfregar compulsivamente a boca e o rosto, manchados com aquele sangue doente, e escovei os dentes por muito tempo. Só depois a minha consciência voltou à carga com força máxima e me fez compreender o que acontecera com Alisson.

Sim, eu tinha compreendido a essência daquela frase final dela... Como não percebi na hora? Era isso o que ela havia feito por mim. Havia intuído meu propósito, havia observado meu alheamento lisérgico e, por fim, havia me contaminado de todas as formas possíveis com o que quer que fosse aquela abominação que também a consumia. Pois meu julgamento foi equivocado; é claro que ela também carregava o mal. Libertou-se por minhas mãos e ao mesmo tempo me condenou.

Tudo isso me ocorreu ali, em frente ao espelho, numa espécie de revelação mística. Ainda que minhas faculdades de interpretação estivessem um pouco alteradas pela dor e pelos excessos da noite, não restavam dúvidas de que fora isso que acontecera, pelo menos na parte que *realmente vivi* dela. Quanto ao restante, quanto àquilo que testemunhei numa jornada astral, ficaria para depois. Eu tinha muito trabalho pela frente, e precisava fazê-lo para me distrair do meu fracasso. Em suma, precisava dar sequência aos procedimentos.

Eu tremia tanto, que, para desmembrar Alisson, tive que tomar algumas doses do uísque barato que comprara alguns dias antes. A tarefa foi penosa, é claro. Muito mais do que antes, porque algo havia me aproximado daquela mulher. Mas o entorpecimento cuidaria disso. Por algumas vezes os meus olhos se depararam com o olhar embaçado de Alisson, e isso foi insuportável. Segui adiante. Era o que me restava.

O sol já atingia o zênite quando envolvi o último pedaço, uma perna cortada logo acima do joelho, em um saco de lixo e o levei para baixo. Ao voltar, desabei no sofá e dormi pelo dia inteiro.

Desde então, não me levantei mais. Desde então, comecei a definhar. A coisa não demorou muito a se manifestar. Algumas semanas depois eu já me sentia bem mais fraco do que de costume, o que me obrigava a passar os dias imóvel. Feridas e manchas espocaram pelo meu corpo, bem aos pouquinhos, e qualquer mal-estar se transformava num verdadeiro pandemônio interior.

Minha mente, à revelia disso, seguia em vigorosa atividade. Depois de muitos dias tormentosos e de muitas noites angustiadas, acabei por concluir que não estava à altura do destino que escolhera perseguir. Não fui capaz de me precaver contra os riscos de uma empreitada tão grandiosa. Decidi combater sozinho forças ocultas, cutucá-las apenas porque não aceitava suas existências imundas e porque queria corrigir o que considerava inadmissíveis desvios de conduta. Mas elas sempre estiveram por aí, desde que o tempo era jovem, e o mundo pouco se importava. Foi uma afronta de minha parte, uma *húbris*, tentar intervir nisso, e os mecanismos organizadores de tudo cuidaram para que o incomodado se retirasse. Cuidaram para que eu fosse punido na mesma proporção de minha soberba.

Quanto ao meu medonho delírio após a morte de Alisson, não consegui chegar a uma conclusão. Em todo caso, tive tempo de revolver todas as possibilidades. O que explicava o fato de eu sentir meu avô tão presente, tão vivo ao longo desses anos? Seria ele alguma... entidade capaz de atravessar os séculos? Teria feito parte de alguma seita primordial cujo objetivo era — ou é — a extinção da humanidade por meio do aniquilamento de sua origem, a mulher? Mas por quê? Teria ele percebido alguma inclinação em mim para esse trabalho? Ou teria ele me forjado desde o início? Qual era a participação de Lautréamont nisso? Teria, ele também, participado da seita, escrevendo a obra que de alguma forma lhe daria fundamento? Seriam *Os cantos de Maldoror* e seu autor muito mais antigos do que se presumia? E minha mãe, o que sabia de tudo isso? Qual foi a sua participação? Meu pai...?

As perguntas se multiplicavam e trombavam com o silêncio. Nenhuma resposta. Tampouco percebi ou senti mais o meu avô por perto. No entanto, as imagens que testemunhei ainda se mantêm em minha memória. E sei que continuarão aí até o fim.

Quanto ao que aconteceu de fato: sim, fui infectado por todo o tipo de IST que existe. Cancro mole, sífilis, blenorragia, clamídia e granuloma, levando-me além dos limites da dor. Mas ninguém foi capaz de apontar o que exatamente está me matando. Algo a me devorar por dentro, lento e feroz, vindo das entranhas de Alisson, se transmitindo a mim pela fenda que ambos talhamos em seu pescoço. No fundo, imagino bem o que é.

E claro, há ainda a imensa infecção em minha cabeça, cuja origem os médicos tampouco conseguem explicar. Agora ela ocupa quase metade de meu couro cabeludo; é medonha, bem sei. Mas o que me horrorizou de verdade foi contemplar, no espelho, o amontoado de pápulas e pequenas feridas purulentas, que se revelou por completo após todos os meus fios de cabelo caírem. Não pelo caráter abjeto, fúngico das lesões, de modo algum; mas pela semelhança daquela anomalia toda com os traços faciais de meu avô. Ao me dar conta da associação, tive certeza de que também estava enlouquecendo.

Sim, sei que estou bem perto do fim. Minha mãe tentou me ajudar de todas as maneiras, a pobre mulher. Ela só soube de meu paradeiro pelas notícias na imprensa. Tentou manter algum tipo de contato, tentou me visitar, mas eu a proibi também disso. Eu não conseguia sentir compaixão alguma, mesmo depois do que havia testemunhado naquele delírio. Ela devia ter alguma participação no que acontecera. Em todo caso, eu não era mais capaz de sentir qualquer comiseração por mim mesmo; como o faria por outra pessoa, mesmo minha mãe?

Tentei obrigá-la a se esquecer de minha existência, a se esquecer que um dia teve um filho. Sei que obtive algum sucesso, pois ela não vem mais. No entanto, não tenho dúvida de que uma hora ela vá aparecer aqui e vá se sentar aí nesta mesma cadeira, provavelmente quando eu já estiver inconsciente. Ou ao menos espero estar quando isso ocorrer.

Creio que agora você já saiba de tudo. Ou não? Vejamos... falta dizer que foi naquele estado catastrófico que vocês me encontraram. Por "vocês", refiro-me à polícia, à sociedade em geral, que seja. Algum tempo depois daquela noite, não sei bem quanto, três oficiais arrombaram a porta de meu apartamento com as pistolas em punho, logo dando voz de prisão.

Quando entraram no meu quarto, eu estava naquela semidormência em que passava quase todos os dias. O fedor quase nocauteou os policiais; fazia um bom tempo que eu desistira de me limpar ou de cuidar da casa, me alimentando do que sobrava da última grande compra que fizera no mercado. Estava muito mais magro — porém, muitos quilos mais gordo do que agora —, e aceitei os procedimentos da prisão sem emitir um som sequer. Depois fui informado de que já estavam atrás de mim fazia algum tempo.

Em tudo isso, repito, o que me entristece é que eu tenha me descoberto aquém das minhas ambições. Não é nada fácil você encontrar um sentido para a sua existência e ter de abandoná-lo porque não é digno dele. Foi essa percepção, mais do que qualquer doença, que me devastou, porque minha vida a partir de então se tornou injustificada, desnecessária. Se você acompanhou meu relato com alguma atenção, sabe que não exagero. Sabe que, desde muito cedo, jamais dei qualquer importância para o que a maior parte das pessoas julga fundamental. O sol nascente, o canto dos pássaros, o orvalho matinal, a chuva renovadora, os laços familiares, a manutenção da espécie, a gargalhada inesperada, a amizade sincera e longeva, a saúde em ordem, o salário no começo do mês, a segurança do bolso cheio, o conforto de um lar, a companhia de um animal, a alma gêmea, as viagens, as experiências transformadoras e compartilhadas, a realização financeira, o gesto carinhoso, a própria felicidade em si. Desde cedo me convenci de que a única função disso tudo é nos distrair, é evitar que confrontemos uma verdade tão terrível quanto absoluta: a de que a vida é uma procissão mal frequentada entre um abismo e outro.

Agora constato que soube disso desde o meu início, primeiro de forma difusa, intuindo o mundo ao redor, depois por meio de formulações religiosas, e por fim encontrando amparo no pensamento de Lautréamont e de outros conhecedores dessa condição. O meu avô também a identificou em si próprio, embora eu não saiba o quão longe essa convicção o tenha levado. Fosse como fosse, a nós coube limpar a parte do caminho que tínhamos pela frente; este se tornou o próprio objetivo, o destino de nossa caminhada. Meu avô o atingiu com muito louvor, não tenho dúvidas.

Quanto a mim, não fui capaz. Antes eu tivesse a consciência cativa de Maldoror, a consciência que cederia aos comandos de uma ideia, a consciência que se curvaria diante da majestade de uma realização. A consciência que me elogiaria não importa o que acontecesse, que me absolveria de qualquer transgressão e que me ajudaria a quebrar os dedos acusatórios para mim apontados.

Mas não, nada disso. Agora que eu não podia chegar perto de qualquer tipo de droga, minha consciência me devorava na forma de várias doenças. E na forma das visitas noturnas também, claro. O quê? Você acha que me libertei dos espectros? É óbvio que não. Estão por toda a parte! Basta que se apaguem as luzes e por aí se espalham: cabeças distorcidas, braços, pernas e troncos voadores, mãos a me gratificarem e punirem ao mesmo tempo. E as gêmeas, é claro...

É verdade, não durmo direito há meses!... Sei que não voltarei a dormir. Continuarei tão alerta e vigilante quanto essa minha odiada consciência, que também permanecerá sussurrando em meu ouvido, até o meu último suspiro, sobre o quão presunçoso fui ao imaginar que seria capaz de corrigir o meu minúsculo quinhão do mundo, e sobre o quão tremendo foi o meu fracasso. Eu me transformei — e volto a pedir seu perdão pela repetição, mas ando autoindulgente — nesta ruína abjeta, cuja única função ainda intacta é a capacidade de odiar a si própria.

Pelo menos pude compreender o motivo da minha queda. E agora você também o conhece. Não me importa o que você vá fazer com esta história, mas confesso que sua expressão me traz certo alívio. Sim, se você me permite, vou guardar bem suas sobrancelhas erguidas, seu olhar incrédulo, seus lábios espremidos, suas mãos unidas, toda a sua figura atenta à minha. É a primeira vez que alguém me enxerga desta forma. É piedade, não é? Mesmo que nascida da repulsa. Então me permita guardar o seu olhar. A ele me apegarei depois que você e as luzes se forem.

AVEC
EDITORA

www.avec.editora.com.br

Este livro foi composto em fonte Temeraire
e impresso em papel pólen 80g/m².